講談社文庫

熱血ポンちゃんは二度ベルを鳴らす

山田詠美

講談社

目次

本文イラスト／テリー&ビリー

熱血ポンちゃんは二度ベルを鳴らす

死語復活祭はありか!?

この新しい題名を聞いた知り合いが言った。

「詠美が、二度ベルを鳴らしたら、なんか恐い。それって、ちょっとホラー」

そうでしょうか。二度だけでなく、いっそのこと、五度くらい鳴らして拍車をかけるべきだろうか。と、ここまで書いて、拍車って何なんだろと思った私は、辞書を引いた。それは、乗馬靴のかかとに取り付ける金具のことなのだそうだ。ひゃー、なるほど。馬の腹に当てて進ませることから来ている言い回わしって訳ね。こんなことも知らずに、物書きやって来たとは、お恥しい。ちなみに、つい辞書を開いたら、拍車がかかってしまい、そのページを隅々まで読んじまった。すると、白銀という言葉があり、例として「白銀の世界」が上げられていた。白銀の世界!! なんか、十数年ぶりに見る言葉だ。ここのところ、そういう言葉に良く出くわすなあ。雑誌のあるインタビューを読んでいたら、「マンハッタンの摩天楼」という言葉を、まじで使っていたので驚愕《きょうがく》した。これって、新宿西口に京王プラザしかなかった時代の言葉だろうよ、おい。「花の都パリ」と同様に、とっくに死んでいるぞ。訳わかんねーよ、まったく。

この間、この元担当の森山が、興奮した面持ちで言った。

「や、山田さん、ついに、死語辞典なるものが発売になったそうですよ」

「な、なんですって!?」

と、驚く私。しかし、この「なんですって」も実際に耳にしたことのない受け答えだよね。誰が使っているのだろうか。読者諸君の周囲に、この言葉で反応する人はいるかね。いや、いるまい。

「しかし、死語辞典とは、我が意を得たりですな」

「でしょう？　喧嘩《けんか》の時の啖呵《たんか》には、死んでる言葉多いんですよ」

「おたんこなすとか」

「おたんこって何なんですかね」

「スベタとか」

「あばよ、と去って行くんですよ」

「あばよ、ねえ。あ、あの『ダンシング・クイーン』歌ってたアバっていうグループどうしたかねえ」

「……何を馬鹿なことを……」

と、いうような呑気《のんき》な会話で時間をつぶしている物書きと編集者であった。

私の言葉に対する偏屈ぶりは、この間も書いたが、これは、死語に対しても同じである。許せる死語とそうでないものがある。中途半端に往生際悪く死んでいる言葉は、とどめを刺すのもやぶさかではないが、心安らかに、きちんと死んでいるものは、キスして目を覚まさせてあげたいと、こちらの欲望をかき立てる。それは、七〇年代のファッションの復活は大歓迎だが、バブル時代の肩パッドばきばきのスーツの復活は断固阻止する心意気に似ている。あんなもんが、近い将来、またまたはやった日には、それこそ、マンハッタン摩天楼だ。花の都パリのカフェオレにクロワッサンだ。ディスコでギャルとフィーバーする花金だ。あー、書いているだけで、私のサインペンもインクの出を悪くしている。

最近、知り合いの年上の男性と長電話していたら、彼が、ある人物に腹を立ててこう言った。

「あいつは、まったくの赤チン野郎だ！」

「……何なんですか、それ」

彼いわく、こうである。とんでもない馬鹿な奴に、これを頭に塗ると馬鹿が治るんだよと言って、赤チンを渡す。すると、馬鹿は、それをまに受けて赤チンを塗り始める。そして、ふと気付く。でも、どうして、これ塗ると治るのかなあ、と。そこで、馬鹿は、初めて考えるという経験をする。そのくらい、考えなしの奴を言うんだそうだ。

しかし、赤チンって、今、あるのだろうか。マキロンの台頭ですたれているのではないだろうか。と、疑問に思って辞書に再び目を通してみると、マーキュロクロム（有機水銀化合物）の水溶液剤の俗称とある。かつて使われたとあるので、もう存在していないようだ。うーん、と思った私は、別の辞書も引いてみた。すると、語源はドイツ語であった。「Jodtin-ktur」というのが本当。あ、私って、脱線して何やってるんだろう。頭に赤チン塗るのは私かもしれない。しかし、私の馬鹿は、エスカレート症という病にも関係しているので、どうか、御了承願いたい。

そう言えば、馬鹿と似て非なる言葉に、アホというのがある。関西出身の友人と話していると、ひんぱんに出て来る言葉だが、関東では、それ自体が独立して会話に登場することは、ほとんどない。使う場合は必ず「アホらしい」となる。私も時々口にするが、その時、私の頭の中では、「阿呆」という漢字が当てられている。ちょっぴり、芥川龍之介っぽいでしょ。えっへん。

ここで再び、止められない止まらない状態になり、馬鹿という言葉を辞書で引いたら、隣に「破瓜（はか）」というのを見つけた。

〔破瓜〕①（「瓜」の字を縦に二分すると「八」の字が二つになるところから）女子一六歳の称。また、男子六四歳の称。『破瓜期（＝初潮のみられる年ごろ。女の思春期）』②性交によって処女膜が破れること。

（小学館『現代国語例解辞典』より）

はー、はちにじゅうろく、はっぱろくじゅうしってやつ？　四苦八苦で百八つの除夜の鐘に似てらあ（4×9＋8×9＝108）。辞書が楽しいのは、こういうのが解ることだ。だから、赤瀬川原平さんが、「新解さんの謎」に着目したのは、とても良く解る。しっかしなあ、②の意味で使う場合、この瓜が処女膜を意味しているのだろうか。どうして瓜？　それとも、瓜イコール思春期イコール処女膜？　あれって破れるものなの？　うーん、疑問の種は尽きない。

それにしても、思春期とか青春とかいう言葉も死語だよなあ。多感な思春期に無軌道な青春を過ごして来た彼は、自分捜しの旅に出た、なんてフレーズ、吹き出しちゃうけど、雑誌の生き方インタビューのページなどで、今でも平然と生きている。いったい何故？　ホワイ？　ま、これも価値観の違いってやつなんでしょうね。近頃、訳わかんないことは、すべて価値観の違いですませている私。反省の余地もありそうだが面倒臭いのでしない。

話は、まったく変わるが、この間、おかしな夢を見た。

私は、夢の中で、CD屋さんにCDを買いに行った。ヘッドフォンを付けて、色々な新譜を試聴していた私は、素晴しく格好の良い歌に出会った。これって誰？　と思いジャケットの歌手をチェックしたのだが、知らないミュージシャンである。すかさず、店員さんを呼んで尋ねる私。

「この人ってどういう人なんですか？」

するど、男性の店員は、こう答えた。

「良い人ですよ」

「………」

その瞬間、私は大爆笑して、自分の笑い声で、目を覚ました。夢の中とは言え、愉快な店員じゃないか。天然ぼけってやつ？　好きだなあ。こういう人。

実は、私の夫、C・D（仮名）も、こういう部分を少なからず持っていて、かなり笑える。この間は、合言葉を考えたと言って、ひとり悦に入っていた。

それは、

「やきそば」

と、言ったら、

「やきとり」

と返すというそれだけのものなのだが、自分では、かなりの出来ばえと思ったらしく、御機嫌なあまりに、職場から妻に、悪戯《いたずら》電話をする程だ。受話器を取り耳に当てると、ぼそっと聞こえるワンワード。

「やきそば」

なんかなあ。ま、すかさず「やきとり」と返す私も私であるが。あ、そう言えば、私は、世の中で一番、痛そうなものを、この間、思いついた。

「C・D（仮名）の逆さ睫毛《まつげ》」

どうだ。うぎゃっと叫んで、目を押さえたくならないか。あのアフリカ系特有のぎっしりと生えていて、ビューラーいらずのカールした睫毛。しかも、剛毛だ。くー、いてえよ、いてえよ。いいかげんにしなよ、その睫毛。

おまけに、彼は、お正月の母手作りのなますが大好き。（おまけにってことはないか）なます好きのブラザーって、ちょっと、腑甲斐《ふがい》ないような気もする。ソウルフルなイメージをあらかじめ失ってるというか。いい味出してるよなあ。昔、（今、話題の）ココ山岡で指輪買ってくれたこともある。ま、彼は、金持ちではないので、被害者になる程、高価なものは買えなかったみたいだけど。あそこで買ったってのが、なーんか、彼らしい。牛乳と間違えて、飲むヨーグルトを買って来るなんて日常茶飯事だ。確かめもせずに、それでカフェオレをいれて、口に含んで吹き出し、この牛乳、腐ってるう！　と叫ぶ私も私であるが。

こんな私たち夫婦が二人そろうと、おかしな思い違いをすることもしばしばである。

私たちの友人で、もう長いことニューヨークに住んでいる写真家がいるが、ある時、彼は、昔、長期滞在していたアフリカについて話していた。興味深い生活習慣の数々に耳を傾ける私たち夫婦。ふとC・D（仮名）が、彼に尋ねた。

「ところで、アフリカには、どういう目的で行ったわけ?」

彼は答えた。

「フォー・シューティング・ピープル」

思わず、顔を見合わせて驚愕する私たち。

「うっそー」

何故、そんなに驚くのか、と怪訝《けげん》な表情を浮かべる友人。そう、私たちは、フォト・シューティングとガン・シューティングを完璧に取り違えていたのだ。

「人の写真を撮りに行ってたんですよ」

と彼は言ったのに、私たちは、勝手に、こう勘違いしたのだ。

「人を撃ちに行ってたんですよ」

瞬時に、私たちの思い違いに気付いた友人は、慌てて付け加えた。

「アイ　ミーン　シューティング　フォト」

C・D(仮名)は、ヒュウとか言って、まじで胸を撫《な》で下ろしていたけれど、さぞかし、変な夫婦だと思われたことだろう。しかし、私は、夫に引きずられているだけだと思いたい。この間も、彼ったら、宅配ピザのお兄ちゃんと玄関で押し問答していたし。不審に思い、私が出て行くと、ピザ屋さんは、おつりを渡そうとむきになり、夫は、チップを受け取れとむきになり、一歩も譲らない状態。アメリカのデリバリーじゃないんだからさあ。仕様がないので、横から、私が手を出して、おつりを受け取って和解させた。日米相互理解の矢おもてに立たされる妻は苦労が多い。ふう。

話は、変わるが、私は、今、とても恥しい顔をしている。鼻の頭に、引《ひ》っ掻《か》き傷のようなものが出来ているのだ。しかし、もちろん引っ掻かれた訳ではない。本を読みながら、洗濯したり、コーヒーをいれたりして、家じゅうをうろうろしていたら、ドアに顔をぶつけて、本の角で鼻の頭を傷付けたのだ。とほほ。豆腐《とうふ》の角に頭をぶつけるべきは馬鹿だが、本の角に鼻ぶつけた私は、大馬鹿か。花粉症なのに、痛くて鼻もかめないよお。どうしてくれるディートリッヒ。と、言うのも、読んでいたのは『ディートリッヒ』（新潮社刊）。ご存じの方なら、すぐに解ってくれると思うが、ぶつかったら、さぞかし痛いだろうという感じのしっかりとした装幀である。ちなみに、ディートリッヒの綴りは、DIET-RICH。C・D（仮名）に見せたら、ダイエットリッチって読みそうだ。これって、すごーく自分の夫を見くびっているみたいだが、アメリカ人ってそういう人が多い。アニエス・b《ベー》を、アグネス・ビー、シャルル・ジョルダンをチャールズ・ジョーダンと読むのなんて日常茶飯事。あのおフランスのシックな靴が、突然、ナイキの新型モデルみたいなイメージになっちゃう。あくまでアメリカ式に読む彼ら。しかし、スティーブン・キングをステファン・キングと読むのは、彼の作品を小馬鹿にする時だけだ。と、思っていたら、『死の蔵書』（ハヤカワ・ミステリ）という本の中に同じような記述が出て来たので愉快だった。

アメリカのジョークなんかさっぱり解らないという人は多い。私も時折、こんな単純ばかな冗談で笑えるかい、と思うことがある。しかし、そう言い切ってしまうのも早計であろう。彼らは、確かに、エスプリというような代物は苦手だが、暗さに明るい言葉を当てはめる技は、なかなかだと思う。

ベトナム戦争時の捕虜収容所をハノイヒルトンと呼んだり、ブロンクスあたりの廃墟と化したアパートメントは、麻薬の巣窟となっているが、そこを、シューティング・ギャラリーと名付けたりするのもそうだ。このシューティングは、前出の意味とは違った、麻薬を打つという意味。昔、私が、サウスブロンクスやハーレムのシューティング・ギャラリーを訪れた時、ガラスの壊れた窓は、確かに、ギャラリーの額縁のように見えたっけ。世にも陰鬱《いんうつ》なアートである。数年前に、超人気だった「リビング・カラー」という番組なんか、やりきれない社会問題を、明るくヒップにノックアウトしようという意気込みに満ちていて大好きだった。ポリティカリー・コレクトなんてくそくらえという感じ。エディ・マーフィも、昔の「サタデーナイトライブ」の頃を思い出して初心に返ってもらいたいざますよ。彼の初期の「ロウ」なんて、今でも、好きだものね、私は。

それはともかく、日本の死語である。キュートな死語を見つけ出して、寝た子を起こすのは、私の趣味である。しかし、死にぞこないには、とどめをさそう。そのためには、嫌味な奴になることもいとわない覚悟である。なんて。大仰すぎと、自分でも思う。でも、でも、でも。今時、ニャンニャンとか平気で使う人って、やっぱ、何考えてるのかわかんないよお。ポンちゃんにとって、死語とは、We should giggle behind the cool ignorance. の決意の許に復活する。

ところで、この間、たいへん、すっとんきょうな男性に出会いました。素っ頓狂。死語ですが、私を口説く人は、こう呼ばれます。

世界ピンポン
選手権大会

昭島地区
予選開幕

出場資格／特に問いません。
昭島市民の方はふるって
御参加下さい。

4月1日（火）
午後0時0分
昭島市立三中体育館にて

START!

©1986 ヘタうま略図・図案辞典より

お嬢さんの脱線

この間、インタビューを受けた後の夕暮れ、思い立って、ふらりと宇都宮の実家に帰った。何しろ、都内から、昭島に帰るよりも、新幹線で宇都宮に行く方が、時間的には近いのである。夕食を誰かと取る予定もないそんな日には、つい東京駅から、北へと向かっちゃう、ミニひとり旅の感傷に身をまかせるという訳さ。ああ餃子《ギョーザ》の都、懐しの宇都宮。しかし、私は、噂《うわさ》の餃子の像とやらを一度も見たことがない。だいたい、私が住んでいた高校生の頃、宇都宮の名物が餃子だったなんて話は聞いたことなかったぞ。いったいいつ頃から、あんなにも餃子の店が増えたのだろう。電話でオーダーしておいて、その時間にピックアップするシステムがあるなんて、東京の皆さんには想像もつかないでしょう。私も、最近、初めて知った。ほっかほかの餃子が、いつでも食べられるという便利なシステム。小ぶりで食べやすく、味もよろしい。しかし、そこまでして餃子を食べたいか？　と言われれば、うーん、疑問の残るところである。

駅前のデパートの地下食品売り場で、私は、いつも、実家に帰る前に食材やらワインやらを調達するのだが、だいたい、その時間帯には、腹ぺこなので、買い過ぎてしまうのが常である。何もかもが、おいしそうに見えるひととき！　幸せだ。幸せ過ぎて、また今年の夏も、でぶのまま水着を着る破目になりそうで、ちょっぴり恐い。しかし、かまうもんか、と思い、うろうろしていると、試食販売の店頭のお兄ちゃんたちに声をかけられて、いらぬものまで買わされちゃう。私が、一番もてるエリアって、ニューヨークのクラブでもなく、リゾートの浜辺でもなく、地下の食品売り場じゃないかって思う。ぼおっと、話を聞いている内に、どんどん試食させられ、帰る頃には、もうおなかいっぱい。ポンを試食の女王と呼んでもよろしくってよ。いわしのコーナーでは、そこのお兄ちゃんに、つみれ汁といわしハンバーグとおでんまで御馳走《ごちそう》になってしまった。どうも、残り物の処理を押し付けられた感はいなめないが、でも、いいの。私は、最近、つみれに凝っているのさ。酒の肴《さかな》にぴったりのつみれ料理を開発したばかりなのである。その名も、

「焼きダグ」

練り物系ではなく手造りの、まだ小骨などの残っているつみれを、オリーブ油とにんにくで、こんがりときつね色に焼く。そして、塩、胡椒《こしょう》したら、バルサミコ酢をじゃっとかけて、仕上げに、イタリアンパセリか、スウィートバジルの葉っぱをごそっと載せるという、それだけのもの。しかし、これが、冷えた白ワインにぴったりの一品なのである。この簡素で美味なひと皿に、夫の名を付けるなんて、なんとも想像力豊かな妻じゃないか。イタリア

ンパセリの代わりに、コリアンダーを使い、ナンプラーで味つけしても、いけるかもしれない。名付けて、

「焼きダグ、タイ風味」

遠い国からやって来たエスニックの香り漂う一品です。なんて。

私も、世の食いしん坊たちの例にもれず、料理が好きだ。ある編集者に「クッキング・ポン」という本でも作りませんかと言われたこともある。面倒臭いので、そのアイデアはすぐさま却下されたが、チープな食材を素早くおいしく調理する技は、なかなか、と自分でも思う。友人に食べさせる、というのも、もちろん好きだが、もっと好きなのは、ひとりで作りながら悦に入ること。ワインと本を片手に、手羽先なんか煮込んでいる時が、最高に幸せ。野菜もたっぷり入れて、冷蔵庫に入れてひと晩おくと、煮こごりになっている。コラーゲンさま、ばんざい。でも、あまり時間をおくと、鳥肉は、くさみが出るからね。早く食べるのよ、早く！

この間、幻冬舎の石原が来た時に作ってあげて好評だったのは、ポン式春巻である。これは、春巻の皮で、しゃぶしゃぶ用豚肉と、しその葉っぱとチーズを包んで揚げ焼きするだけ。岩塩を削ってふりかけるだけでもおいしいが、ナンプラーをちょっとかけてもいける。時間があれば、干し海老《えび》を水につけておいて出汁《だし》をとり、その干し海老も刻み入れ、ねぎ油としょうゆで味を調えたスープに浸して食べてもなかなかである。石原は、なんと、五本も

たいらげた。

あ、そう言えば、この石原も、かなりの料理上手である。皆で、西荻《にしおぎ》あたりでお酒を飲んで彼の家に寄ると、絶妙のタイミングで、豆腐《とうふ》の味噌汁《みそしる》が登場するのだが、飲んだ後のこれ程、おいしいものはない。ああ、私たち、今年も、でぶのままね。類は類を呼ぶ。ライク、ライクス、ライクよね。明太子《めんたいこ》と胡瓜《きゅうり》のあえもの、なんてのも出て来たけど、おかげで、ローソンのおにぎりも御馳走に変身していたわ。

と、ここまで、食べ物の話で来てしまったが、私は、食べ物に関するエッセイを読むのが大好き。東海林さだおさんの文章などは、今さら、私が言うまでもなく、おなかグーなのだが、近頃、私が欠かさず読んでいるのは、「TANTO」という料理雑誌で連載されている、阿川佐和子さんと檀ふみさんのリレーエッセイである。お二人が、同じテーマで、お互いを登場させながら書いているのだが、ものすごく愉快で、おいしい料理さながらに隠し味も効《き》いている。やはり、ただ食いしん坊なだけじゃ駄目なのね、と反省する次第である。

反省したついでに、近頃、食い意地ばかりに片寄っている我身も省《かえり》みようと思う。春じゃないか。色事から遠ざかり、つみれ焼いてるばかりでは芸がない。新入生の気分を思い出して、新鮮な恋に身をやつそう。とか、決心していると、お風呂場から、夫が、シャンプー切れてるーなんて怒鳴ってる。あー、うざったいったら。夫婦って、ほんと、日常引きずってるよね。くわばら、くわばら。

先程、私は、藤田宜永さんの『樹下の想い』を読み終えたばかり。あーあ、私も、自分のことを、お嬢さんと呼んで見守ってくれる男を側におきたいものである。私は、お嬢ちゃんと呼ばれたことはあるが、お嬢さんと面と向かって呼ばれたことなんて一度もない。（ま、ある人の方が少ないと思うけど）そう言えば、この間、お亡くなりになった某出版社の会長さんは、初対面の時私を見て、こんなお嬢ちゃんだったのか、とおっしゃっていたざます。お嬢ちゃんとお嬢さん。この似て非なる人物像。お嬢さんと使用人の恋って、日本文学の伝統よね。エロティックな湿り気が漂っていて、憧れちゃう。これが、外国だと、スターとボディガードとか、王女と新聞記者とか、秘すれば花の陰鬱が、まったくない。カズオ・イシグロの『日の名残り』なんかは、静けさに満ちた素晴しい作品だと思うけど、肉体の欲望に火の付く余地がないので、バランスが良すぎて、近寄りがたい。うーん、誰か、妙齢の殿方、ポンをお嬢さんと呼んではくれないだろうか。この場合、お嬢さん、ハンケチが落ちましたよ、の未知の人物に対する呼びかけじゃ駄目ですよ。確信犯の呼びかけ。つまり、お嬢さんを見守るのが、ぼくの務めですというような用法で使われなきゃね。その時、男の口にするお嬢さんは固有名詞なの。すなわち、彼にとっては、ポンお嬢さんしか、お嬢さんではない訳。（なんか、書いてて、意味なくしつこくなって来た）そんなふうに私を呼んで側を離れない男の方がいたら、時折、目をつついて「春琴抄」ごっこをしてあげても良いと思うの。ルックスの候補は、X－ファイル・サード第十巻の「ヘル・マネー」に出て来るチャイニーズアメリカンの刑事役を演じた俳優さん。あの人って、カート・ラッセル主演の「エグゼクティヴ・ディシジョン」（日本公開時のタイトルは「エグゼクティブ・デシジョン」だけど、趣味に合わないのでこう記す）のアジア系SWAT隊員やった人と同一人物？ すごく好みだ。あ、でも、彼って日本語出来ないから、私をお嬢さんと呼べずに、英語訛《なま》りで「オジョサン」とか発音しそう。そりゃ嫌だ。夫のC・D（仮名）は、昔、私の父に「オジョサン、お願いします」と、結婚の承諾を求めた。ビールください イコール ビールお願いします、ののりだったんだと思うけど、飲み屋のオーダーと結婚を一緒にされた私って、なーんか、これで、ポンチな人生を約束されちゃった。

ところで、そのX－ファイルの中で、そのチャイニーズアメリカンの刑事が、FBIのモルダーに向かって、こう言うシーンがある。

「きみたちから見たら、ぼくも大陸から来たやつらも同じチャイニーズに見えるだろうが、ぼくは、彼らから見たら、きみたちと同類のよそ者なんだ。アメリカで生まれ育ったぼくは、アメリカン・ボーン・チャイニーズ、つまり、ABCなんだよ」

字幕では、このABCというのは訳されていなかったので、ニュアンスが伝わらない感じだったが、私は、へえっと思った。ABC!? 初めて聞いた。いかにも、自分は、アメリカ生まれだと強調しているような調子と、それによる疎外感を漂わせているなあと思った。

アメリカ人は、イニシャルがお好き。飛行機のリコンファームなどで、ラストネームを伝えた後に、で、イニシャルは？　と尋ねられたことのある人は多いだろう。ニューヨークなどにいくつかあるレストランチェーンで、ＴＧＩＦという店を見たことある人もいるかもしれない。これは、サンクス・ゴッド・イッツ・フライデーの略。かつて金曜の夜、バーに立ち寄ったりすると、ＴＧＩＦに乾杯などと騒いでいるヤッピーどもがいた。（今は、どうか知らないけど）古くは、ＵＦＯとかＶＩＰなんてのもありましたね。これは、もう日本語でもある訳だが、まちがっても、アメリカ人の前で、ユーフォーとかビップとか、言わないでね。イモくさいから。ちゃんと、ちゃんと、ユーエフオー、ヴィアイピーと発音してちょ。ベーコン、レタス、トマトのサンドウィッチをＢＬＴと呼ぶのは、もう認知されているが、オレンジジュースをＯＪとか、得意がって今時使わないでね。ださいから。観光客が使っているのを聞いたことあるけど、悦に入っちゃっててやな感じ。ＯＪなんてのは、Ｏ・Ｊ・シンプソンか、Ｏ・Ｊ・ジョーンズ（世紀の一発屋の歌手。雨の中で、めめしい歌、歌ってた）くらいで、もう止めて欲しい。

あれ？　私は『樹下の想い』の「お嬢さん」についての考察を述べようとしていた筈《はず》だが。わかんなくなっちゃった。私のエスカレート症という病に関しては、たびたび書いているが、実は、私は、脱線症という病も持ち合わせているのである。

ついでに「エグゼクティヴ・ディシジョン」を思い出したので、ますます脱線するが、あの映画に出て来る隊員たちって、味のある奴らが多かったと思う。ジョン・レグイザモに目をつけたのは、前にも書いたことがあるが、やはりと言うか、人気急上昇になってしまった。けっ、人気者になったら、すぐに捨てるって言わなかったっけか？　彼は「恋する放火犯（パイロマニア）」という映画で、昔、ウィリアム・ボールドウィンと共演していたが、あの頃って、今よりも猿顔《さるがお》だった。うーん、あの時、目をつけていたら、もっと、もったのに。（何が？）

レグイザモと同時期に目をつけたのが、「ユージュアル・サスペクツ」の赤シャツ男、ベニチオ・デル・トロだと言うと、知っている人は、あー、結局、あなたは脇役フリークなのね、と思うに違いない。彼も、急に、好調になり、今度は「バスキア」でアーティスト。よっ、有名人！　なのだが、彼が六、七年前の「MONEY FOR NOTHING」で、ジョン・キューザックと共演した時、でぶだったことを誰が知っているだろうか。「ユージュアル〜」では、ラテン系、的場浩司って感じだけど、でぶだった彼は、まるで別人。でも、芸風にブラッド・ピット入ってるんだよね。ジョン・レグイザモとベニチオ・デル・トロ、この二人にも、お嬢さんと呼ばせたい。（しかし、私も、しようもないことを言ってばっかいるなあ。ブラッド・ピットの追っかけとか馬鹿に出来ないよ）

そう言えば、少し前の話になるが、私は、昼のワイドショーを見ていた。新聞を貼って、そのニュースを読むあのコーナーで、映画「ラリー・フリント」のポスターが、フランスで大問題になったという。女の股間を十字架に見立てて、主役のウディ・ハレルソンが、キリストのように磔《はりつけ》になっているのが、キリスト教を冒瀆《ぼうとく》しているとか、していないとか。で、私が問題にしたいのは、そのポスターではない。それを受けて、某芸能リポーターが、こう言ったのだ。

「とんでもないことですよ。ウディ・ハレルソンなんていう無名の俳優が、自分のポルノ映画の宣伝のために、こんなことをするなんて。人騒がせの効果をねらったとしか思えませんね」

……。芸能リポーターって、ほんと、ちょろい仕事だと思った。確か、その時、アカデミー賞ノミネート作品は、もう発表されていた筈だが。しかも、ウディ・ハレルソンを無名のポルノ俳優と言い切るか？　「ラリー・フリント」が、最も、露悪的なやり方で、表現の自由のために戦おうとした人物を描いた映画だってことを知らないのか？　映画の出来はともかく、アカデミー賞作品賞ノミネート。しかも、あのコートニー・ラヴ（故カート・コバーンの奥さん）が出演するというので、すごい話題になってたのに。ウディ・ハレルソンも知らないで芸能リポーター？　えっ？　えーっ？　てなもんである。まあ、ウディの出演する映画って、必ずしも出来が良いとは言えないが、何故か、アフリカ系俳優との相性良しナンバー2。（ナンバー1は、ジェフ・ゴールドブラム、ナンバー3は、スティーヴン・ボールドウィン）ほら、「ナチュラル・ボーン・キラーズ」で、お楽しみはこれからだぜ、とほざいていた俳優ざんす。くー、芸能とか名のるなら、スキャンダルばっか追っかけてないで勉強しろよ。

ふう。脱線の春である。話は、ようやく宇都宮に戻る。その週末は、真ん中の妹の引っ越しの日。なんと、私は、三人の姪《めい》のベビーシッターを引き受ける破目になった。こっそりと、散歩に出ようとすると、後ろから、ゴォーッという嵐のような気配が。三人が、私を追いかけて走って来るのである。不本意だが、私は、子供を子供扱いしないせいか、子供にもてるのである。たまごっちどころか、これが、ほんとの生たまごっちだ。男の方がどれ程扱いやすいことか。ポンちゃんの生活って、I always get sidetracked before I find out.でも、姪のかなちゃんは、エイミーといるとほかほかの気分なんだって。お嬢さんたら。

Cooking Pon!
5
Harumaki'97
-Pon Style
Fried Dag
EXTRA
Utsunomiya
"Gyoza" Map

ついに月刊化？

黄金のキリング・ウィーク

世間さまは、今、ゴールデンウィークの真っ最中。毎年、同じこと書いてて、私の人生も変わりばえしないなあと思うのだが、誰も遊んでくれなくて、すっごく、つまらない。幻冬舎の石原と、お互いの夕食のおかずを報告するしか楽しみのない孤高の作家なポンである。しかし、忙しい時には、あれ程ある遊びのお誘いが、暇を持て余していると、ひとつもなくなるとは、どういうことだろう。ふん、こうなったら、小説を書いて書いて書きまくってやるわ！（このフレーズ、確か、去年も書いたよなー、さびしー）

ところが、国内では、誰も遊んでくれないポンであるが、海外からは、お誘いが続々である。不思議なことに、これも、同じ時期に集中するんだよね。一緒にアフリカ行こうと約束していたニューヨークの男友達からは、そろそろ時期決めないと、と言われるし、パリのゲイの友人からは、こっちで、小説書けとか、意味なく命令されるし、うわーん、もてちゃって、もてちゃって困っちゃう、というのは大嘘《おおうそ》で、彼らも、自分の暇に合わせているだけなのだ。特に、パリの男の子なんて、夏では、どう？　という私の問いに、こう答えた。

「夏？　バカンスでしょ？　パリジェンヌが、いっぱいいる時に、いらっしゃいよ」

「えー？　どうして」

「だって、対抗出来るじゃないの」

対抗って、何？　まさか、私を使って、男をおびき寄せようってんじゃないでしょうね。私とカップルの振りして、ポンピエ（消防士）のカーニバルにもぐり込もうって魂胆じゃないでしょうね。

と、いう訳で、本気になって、パリ行き、アフリカ行きを考えている私。近頃、すっかり、ものぐさになっちゃってるので、実現するのかどうか。ニューヨークの男友達は、あ、パリに行くんなら、そこで待ち合わせて、一緒に西アフリカ行けるじゃん、すぐだよ、などと言う。彼は、ジャマイカから帰ったばかりの筈《はず》なのだが。腰の軽い人もいるものだ。こういうのを聞くと、行動的な人って、すごいなあと思う。なんだったら、最初に、ニューヨークにおいでよ。ここで、注射を打って、懐中電灯でも買って、アフリカ一緒に行こう。エイミーだけ、帰りパリに寄ればいいじゃないか。そんな提案されると、それだけで気が遠くなりそう。私を旅の道連れとして選んでくれるのは嬉《うれ》しいが、彼の足手まといになるんじゃないかと不安である。

ところで、私は、男の子たちと旅行することが、ほとんどである。どうも、女の子グループと団体行動ってのが苦手だ。しかし、なかには、そのことを訝《いぶか》しいと思う人もいるようだ。男の子と二人きり、と聞くと、本気なのか、と尋ねられることも、しばしばである。知り合いの女の子など、真底、驚いたように、こう言った。

「何かあったらどうするの!?」

今度は、こちらが驚く番だ。何かって、セックスのこと？　まさか。お互いに、そんなこと求めていないから、一緒に旅行出来るんじゃないか。そういう関係になりたい男性とは、何も、旅に出なくたって、アクションを起こせる筈だ。道連れの重要なポイントは、性を超越していることなのである。しかし、その知り合いの女の子のような自意識過剰さんは、とても多い。そういう人たちは、必ず、男女間に友情は成り立たないと思うのが常である。その考え方をする人々には、いくら、説明をしても無駄である。性を抜いた男女の関係というものは、経験がないと、ほとんど理解不能なのである。昔、先輩の女性の作家の方が、寝たくもない男の人とは友達になれないわ、とおっしゃったのを聞いて、ひゃーと思った。私は、寝たい男とは、友情なんてはぐくめない。だって、どうしても、ええ格好しいになっちゃうもの。雄《おす》の部分を刺激しちゃおうと思っちゃうもの。これは、私の苦い経験から来ているのだが、恋人にしたくないのに寝たい男とは、つかず離れずの方が良い。深入りしないことだ。それを意識していると、会った時には、いつもエロティックな雰囲気になる。それを、友情と勘違いしないことである。寝ない内が花、の関係は楽しいよ。信頼とか、誠実とか、しちめんどくさい言葉から、解放されていて。不実だからと言って、恨むこともない。

それなのに、その関係を壊してしまったことが、私には、少なからずある。一度、寝ちゃったら、関係自体が用済みみたいな気がして、つまんなくなっちゃった。多分、相手も、そうだったと思う。形にならないセックス、みたいなものが、会いたいと思わせていたんだなあ、と今なら感じる。それも、また悪くはないが、友情とは、全然違う。私は、時々、知り合いの顔を思い浮かべて考える。この人と私は、どういうものでつながっているのかな。精神的なギブアンドテイクか、物理的な損得勘定か、はたまたプラトン的恋愛感情か、それとも、未だ、言葉では表現し得ないものなのか、などということを。すると、関係というものの種類が、数限りないのに気付く。男対女などという構図は、ものすごく乱暴だ。よって、私が、男友達と旅に出るからと言って、肉体関係のあるなしを疑ってはならない。(結局、自分の身の潔白を証明しようとしてる訳ね。しかし、潔白ってすごい言葉だ。セックスって、そんなにダーティか!?)

私が、どうしても理解出来ないのは、セックスフレンドという言葉だ。相手に欲望を持っている段階で、フレンドじゃないと思うのだが。アフェアとか、フラートとかなら解る。アフェアなんて良いよね。はからずも、その気になっちゃうのは、ある意味で事件だもの。ま、色恋から隠居した私には、すっかり御無沙汰《ごぶさた》な言葉ですけどね。

あ、それから、もうひとつ解らないのは、援助交際とやらが、話題になっていることだ。解らないのは、その中身ではなく、大人たちが、御大層に、それについて語ることだ。どうだっていいじゃんよ、そんなこと。生活に困っていないのにあんなことするのは、日本だけだという意見もあるけど、それは違うよ。アメリカにも、そういう娘は、けっこういるよ。その子たちは、お金をくれるパトロンをシュガーダディと呼んでいる。ただ、あちらでは、そんなことを、社会現象として扱わないだけ。「ニューズウィーク」に、援助交際の記事が出てたけど、それは、日本が、あまりにも騒ぐから。つまり、大人経由のニュースソースなんですね。問題にすべきは、父親ぐらいの年の男が、高校生の女の子を援助することではなく、二十代、三十代の男が、高校生しか相手に出来ないということだ。前者は、単に好色なのか、ロリータなのか、で済むけど、後者は、同年代以上の女と対等につき合えないということなのだ。けっ、デミ・ムーアと一緒に写真を撮られたレオナルド・ディカプリオの爪《つめ》の垢《あか》でも煎《せん》じて飲まんかい。御しやすい女ばっか相手にするんじゃないよ。超ナードな奴らめ。そういう女子高校生が大人になった時に相手にするのは、少なくとも、彼らではない筈だ。あ、そういや、女子高校生を弁護するお兄さんたちは、皆、顎《あご》の輪郭がない。あれは、いったいどうして？　私自身は、彼女たちを非難するつもりも、弁護するつもりも、さらさらない。ただ、お金なしの楽しいセックスの分野を、まだまだ解ってませんなあ、と思うだけである。

それにしても、なあ。デミ・ムーアとディカプリオって、本当かね。「ターミネーター2」に出てたエドワード・ファーロングの恋人ってのも、母親ぐらいの年齢なんでしょう？　ジヨン・トラボルタの死んじゃった元恋人ってのも、何十歳だか年上だったたし。恋愛関係って何でもありなのね。今さら、デニス・ホッパーの恋人が、三十何歳だか年下とか言っても、誰も驚かない訳よね。

デニス・ホッパーで思い出したが、「バスキア」を観た。日本公開は夏ということだが、ひと足、お先に、基地のヴィデオ屋さんで、借りて来たのだ。ホッパーを始めとして、そうそうたるメンバーの顔見せという感じだったが、主役のジェフリー・ライトが、すっごく可愛い。早速《さっそく》、彼の髪形を真似《まね》っこして、うさぎみたいに、二つに縛っていたら、夫のC・D（仮名）に、止めろとひと言、言われた。しかし、私の本当の目的は、バスキアの友人役を演じたベニチオ・デル・トロだ。「ユージュアル・サスペクツ」の頃より、ぐっと、たくましくなっちゃって、もう、アントニオ・バンデラスのマイ・ブームは終わったもんね。でも、トロなんて変な名前。ちょっと、おつき合い出来ないかも。私には、昔、超可愛い男の子に出会ったのに、その子の名前が、トロイという名だったので、求愛を受け入れなかった前科があるのさ。私の彼は、トロイ。この言葉を友達に言いたくないばっかりに。だから、うんと前に生まれていても、トロイ・ドナヒューとは、恋人同士には決してならなかったということだけは言えるわ。（あー、書いてて、本当に、自分のこと、馬鹿だと思う）「バスキア」は、ジェフリーとベニチオのおかげで、とてもキュートに仕上がっているけど、デヴィッド・ボウイのアンディ・ウォーホールって、何なのあれ？　悪い冗談としか思えん。似てるけど。バスキアって、原宿にあったピテカンていうクラブに来ていたんだよね。ソウルミュージック一途と思われているポンだけど、実は、そこや、モンクベリーズ、六本木のクライマックスにも出没していたのさ。お洋服？　もちろん、テクノよ。でも、その格好で、赤坂のムゲンに行ったら、ちっとも、もてなかった。ぐっすん。男に合わせた見た目の大切さを思い知ったわ。そう言えば、新宿のツバキハウスにもお出掛けしていたことも告白するわ。ツバキの閉まった後？　もちろん、二丁目よ。サザエとブラックボックス。でも、ブラザーたちには内緒よ。

閑話休題。この間、私は、不思議なテレビ番組を見た。土曜日の早朝のゴルフ番組である。もちろん、早起きした訳ではなく、寝る前に、意味なくチャンネルを変えていたのだが、私の手は止まった。あの悪名高き白人至上主義団体、K．K．K．の格好をした人が、ゴルフをしているのである。最初、これは、マスターズで優勝したタイガー・ウッズに対する趣味の悪い冗談かと思ったのだが、そうではなかった。とがった頭巾《ずきん》に目の部分だけが開いたものをかぶり、長いローブを着たその人は、初心者にゴルフを教えているのである。ゴルフ教室!?　もしかしたら、コーチが有名なプレイヤーで匿名性《とくめいせい》を出そうとしたのかもしれないが、何故、その格好？　まさか、テレビ局の人が、K．K．K．の格好を知らない筈はない。まあ、本物と違って、頭巾の色だけ黒だったが、それを連想しないアメリカ人はいないだろう。おりしも、タイガー・ウッズに対する人種差別発言が、問題になっている今、何故、この格好？　ひゃー、全然解らない。アメリカで、たとえば、ＮＢＡの試合のハーフタイムに、この格好で乱入したら、間違いなく袋叩《ふくろだた》きにあうだろう。しかし、アメリカも変な国だけど、その衣装の中身が、デニス・ロッドマンだったりすれば、大うけなのよね。ま、エディ・マーフィあたりでも良い訳だけど。

ゴールデンウィークだってのに、ひとりでテレビやヴィデオばっかり見てる私って、寂しい。もう、こうなったら仕事をしてやるわ。（まだ言ってるよ、しつっこいったら）しかしながら、時間つぶしにテレビを見ていると、変なことに遭遇すること数知れずであるよ。某ワイドショーで、アカデミー賞受賞作品「イングリッシュ・ペイシェント」の試写に来た芸能人のファッションチェックというのをやっていた。ある女優さんが、果物の柄のドレスを着てインタビューに答えていた。

「この映画は砂漠が舞台ですから、私もそれに合わせて、デザートの柄を着てみました」

？　？　？　もしかしたら、砂漠（デザット）とかけてる？　ちょっと、洒落《しゃれ》てみたお茶目な私ってやつ？　おい、ふざけんなよ。dessertとdesertは、発音、違うだろうが。言わなかったっけか。私は、下手な駄洒落は嫌いなんだよ。それも、全身、使ってやるとは。あぁ、テレビってやつあ。と、言いながら、しっかり見ているのである。センシティヴで、最先端ぽい雰囲気が売りのタレントの女性が、私って、シドニー・オコナーの影響受けてるんですよね、と言っていたこともある。知らないぞ、そんな奴。シンニード・オコナーなら知ってるけど。

などと言っている私も、実は、うろ覚えで書いて、後で、間違いに気付くこともある。しかし、そういう場合、あれは、誤植だったと言い張る。テレビって、それが出来ないから、つらいよね。ま、私に同情されても仕方のないことではあるが。

前出のニューヨークの男友達は、私が、アメリカ滞在中に、必ず、リッキー・レイクやオプラのトークショーを見ると聞いた時に、呆れ果てて、首を横に振って言った。

「ああいうくだらないものって、どういう人間が見るんだろうと思ってたけど、そうか、エイミーみたいな奴が見るのか」

ほーっほっほっほ。その通り。私は、とっても、下世話でミーハーな主婦なのさ。ちなみに、彼は、私が、スターの噂《うわさばなし》話をするたびに溜息をつくアーティな人間である。ふふ、もし、私とアフリカなんて行ってごらんなさい。ミーハーに洗脳されて帰って来ること受け合いよ。

洗脳と言えば、私は最近、新しい実験に着手している。夫のC・D（仮名）が眠っている最中に、耳許で、赤ちゃんかばのモモちゃんについて話すのである。目覚めた彼に、私は尋ねる。赤ちゃんかばのモモちゃんのことだけどさあ。すると、彼は、眠い目をこすりながら、こう言うではないか。

「赤ちゃんかば？　ああ、赤ちゃんかばね。え？　赤ちゃんかば？」

そして、真底、不思議な表情を浮かべるのである。これを毎日、続けてみたら、どうなるのだろう、というのが、この実験の発端である。その内、彼の心の中には、ヴァーチャルな赤ちゃんかば、その名も、モモちゃんが棲《す》み付《つ》いてしまうのではないか。しかし、三回目で、いい加減にしろと怒られたので、まだ結果は出ていないのである。幻冬舎の石原は、あー、駄目、駄目、駄目。おれ、睡眠学習法とかいうのやったけど、寝不足になっただけだったもん、と言うが、かばだぜ。解んないよ。

深い考察に満ちた一週間である。ポンちゃんにとって、ゴールデンウィークとは、「These days make me have two thumbs way up. と行きたいところだが、なかなか。あ、赤ちゃんかばのお母さんの名は、ノンノン。（意味ないけど）

ポンのパリス　イズ　バーニング

ただ今、朝の五時半である。夜通し起きていて、ようやく原稿を書き始めた、訳ではない。実は、パリから戻ったばかりの時差ぼけパリジェンヌのポンなのさ。ゲイの友人から、パリにいらっしゃいと言われた話は、先月、書いたばかりであったのに、今月は、もう行って帰って来ちゃってる。私としては、妙に、腰の軽い一ヵ月。すぐさま思い立って、チケットとホテルを予約して、短編集用の原稿も書き上げて、伊豆の温泉にて遊び、パリのゲイパラダイスを探索し、ああ、今は、昭島で、辛気臭い原稿書き。十日ぶりに日本語なんて書いてるぜ。あー、面倒臭いったら、ありゃしない。私の頭の中って、バターとクリームでいっぱいだというのに。おまけに、体重がものすごく増えていて、夫のC・D（仮名）には、ポンポンでっかーい、パリで妊娠して来た？　とからかわれる仕末。これって、毎日、食べ続けたクロックムッシュのせいよね。私は、旅行中、その土地のものを食べる主義だが、そうしていると、太る国とやせる国の食生活の違いが如実に解る。一番やせるのは、タイやインドネシア。スパイスと野菜が良いのかも。しかし、スパイスが効いていても、インドでは、五キロも太った私。インドで太る人って珍しいと言われたが、朝から晩まで、カレーを食べ続けたんですもの。しかし、同行者は、五キロやせた。私のせいなのか、食べ物のせいなのか、暑さのせいなのか、いまだ真相は解らない。

で、パリである。朝から晩まで、フレンチフード。あのずっしりとバターの巻き込んであるクロワッサンに始まり、クロックムッシュを通過して、ソースたっぷりの夕食に、バターこってり載せた(塗ったのではない)バゲット。さすがに、帰りの飛行機では、和食を頼んでしまった私。根性なしだけど、おいしかった。でも、慣れというのは恐しい。あっさりとした和食の後で、チーズと赤ワインを頼んでしめくくらずにはいられなかった。で、こうして、でぶのまま机に座っている訳である。毎日、十キロ近く歩いていたというのに。いったい、どうして、パリジェンヌは、やせているんだろう。フランス料理以外のものを食べているのだろうか。でも、パリのフレンチフード以外の食べ物って、最悪にまずい。あのパスタにいたっては、昔食べた給食の麺《めん》以下じゃない? アルデンテという概念が、まったくないらしい。エスニックもなんだかなあ。本場もんを食べている身としては、うーん、である。

と、ここまで書いたら、何だか、突然、クロックムッシュが食べたくなって来た。うひゃー、やばくないか? このまま超でぶへの道をひた走ったらどうしよう。夏の水着が似合わなくなったら、南の島で、恋も出来やしない。それって、イコール、はからずも身持ちの堅いという、私の大嫌いな女になりそう。今月の目標は、ダイエット。これに尽きるわ。何せ、パリで、散々、ゲイの美しいカップルたちにあてられっぱなしだったんですもの。

私が泊まっていたのは、知る人ぞ知るゲイ・エリアのマレ地区。ゲイの友人の案内で、増やした知り合いも、全員ゲイの子たちばかり。気が付いたら、パリ滞在中、ストレートの男の子とは口もきいていなかった。なんか、これって、ちょっと悲しい。女性の入れない筈《はず》のゲイ・バーで、時間つぶしてたおれって何者？　あーら、どこの場所に行っても異和感全然ないわよお、と言ったのは、私の友人だったが、ほんと、自分でもそう思う。私は、その場で、目立たなくなるのが得意なのである。嘘《うそ》だと言われそうだが、ほんと。しかし、ただの地味な奴になるのは嫌だという面倒臭い性格である。その場の雰囲気に馴染《なじ》んだ、ちょっとただならない姉ちゃん、というのが目標なのだが、まだまだ道は遠い。達成した時には、姉ちゃんではなく、ただならないばあさんになっているであろう。私の場合、ただならないおっさんになる可能性もあるので、それだけは気を付けたい。

さて、三年前の初めてのパリ旅行以来、交流を保って来たゲイの友人（仮りに、名前をモモとする。この旅行に関しては、文庫の『嵐ヶ熱血ポンちゃん！』をお読み下さい）は、パリにおいでよ、と言った後に、すぐ飛んで来た私に本当にびっくりしていた。

「こんなにすぐに来られるんだから、もっとひんぱんに来なくちゃ駄目だよお。そのことについて、今回は、じっくり話し合おうね」

と、言っていたが、私のパリ滞在中に彼の出した結論はこうである。

「マレ地区に、山田詠美様のマジェステ（女王）の館を作るの。で、そこには、美女たちがたむろするサロンがあるの。きゃー、すごい人気出ると思う！」

……。美女たったて、男でしょ。しかも、ネオナチみたいな奴らでしょ。いったいぜんたい、どんな見返りが、私にあると言うのか。そう、今、マレのゲイたちの流行は、まさにネオナチスタイル。と、いうより、アメリカの海兵隊ファッションと言うべきか。ちょっと、お洒落《しゃれ》なゲイたちは、皆、同じ格好をしているのである。スキンヘッド、もしくは、漫画のタンタンのように前を少し残して刈り上げ。ぴったりとしたTシャツに、迷彩柄のパンツ。そして、編み上げのコンバットブーツか、ナイキのエアー。特徴的なのは、バッグだ。ニューヨークのメッセンジャーボーイが持っているようなズックかばんの肩かけ部分のベルトをうんと短くして斜めがけにしている。ちょうど脇の下を通るぐらいにだ。ですから、これから、パリに行こうとしている女性読者諸君、どんなに、格好の良い男の子を見かけても流し目なんか送っちゃ駄目よ、このスタイルの人たちには。見てんじゃねえよ、女が、なんて言われるのがオチである。

しかし、あの格好の男たちが、マレ地区にあるはやりのバーの前にたむろしている様子は、壮観である。私なんか、モモと一緒でなければ、いったい何故に海兵隊が大集合しているのだ!? と思った筈である。流行をそのまま追っかけるのは野暮と思われるパリで、ここだけは、一体、どうしちゃったの？　という感じ。しかし、モモの話によると、アグリーな

奴が、その格好をしていると、
「なーに？　あれー？　ケスクセ・クサー」
とか言われちゃうんだそうだ。その言葉で、がんばれなくなったゲイたちは、また別の場所に行き、そこでも、なーに？　あれー？　と言われた子たちは、また別の場所に行き、というふうに、パリのゲイたちは美しさによってふるいにかけられるの、だって。くー、なんか意地悪くないか。

カフェで彼らのお喋りに加わっていると、まるで、お菓子の味について話すように、コックがどうしたこうしたとセックスの話をしてる。私が、コックって呼ぶの白人だけだよ。黒人は、ディックって言うのさ、と教えてあげたら、やはり、なにそれー？　と驚いていた。そう言えば、シャンゼリゼにある「ル・クィーン」というゲイ・ディスコで、私は、ドラッグクィーンから翌日のパーティの招待状をもらった。その名も「ビッグ・ディック・ナイト」。ひゃー、身もふたもない。その彼、もとい彼女は黒人だったけど、内容はどうだったのかな。結局行かなかったけど、覗《のぞ》いてみたかった。ま、男のためのあの部分ばかり見ても、何の得にもならないのだが。（しかし、得って何だろ？）

あー、その「ル・クィーン」で、素っ裸で、あの部分だけにタオルを巻き付けて踊っていた人がいた。私たちグループは、皆、何故、あのタオルが落ちないのか、と不思議がることしきりであった。道路工事用のヘルメットかぶって、金槌《かなづち》持ってお立ち台に立ってたけど、すごーく解りやすい。などと私が言ったら、なんと、木こりパーティというのもあるのだそうだ。その日は、全員、チェックのシャツなんだって。可愛いらしいけど、ここって、パリコレの街よね、確か。

結局、シャンゼリゼに行ったのは、ここだけ。しかも、真夜中の二時過ぎですもの。オーシャンゼリゼーなんて口ずさむことも出来なかった。夫に、エッフェル塔に登った？　とか、ノートルダムに行った？　などと尋ねられて、全部首を横に振っていたポン。彼は、呆れ果てていた。

「でも、セーヌ川は散歩したよ」

「へえ、どうだった？」

「うん。ゲイたちが半分裸で日光浴してた」

そう、私は、モモと彼の友人のフランクに連れられて、ゲイ・ビーチに行ったのだ。そこは、ちょうど、オルセー美術館の前あたり。これからパリに行く予定の女性読者諸君。あの辺歩いて、美形の男たちに目配せなんかしても無駄よ。

ところで、フランクという男の子は、HIVポジティヴにして、リンパ腺癌《せんがん》。両方の病気に関連はないそうだが、とても心配だ。瞳の色が水色で、美しい。愉快で超ビッチなのだが、時々、すごく空虚な表情を浮かべる気になる奴なのである。家なき子の彼は、今、インテリジェントなゲイの知り合いに面倒を見てもらっている。モモも、彼を助けている。つられて、私も、お洋服を選んであげた。

で、フランクのお洋服をゲイ専門ブティックで選んでいた時、私は、旅行中、一度だけ、日本人のカップルに遭遇した。その種の店とは知らずに入って来たのかどうか解らないが、驚いたのは、女の子がこう言ったことだ。

「あーたまごっち鳴ってる」

あのさあ……。なんで、パリまで来て、たまごっちなの？　私も嫌いじゃないけど、何も、パリのゲイ・ブティックで、たまごっちやることないでしょう？　試着していた男性は、どうやら、パリに住んでるみたいな感じだったけれど、私が男だったら、こんな女が、日本から会いに来ても、すぐ捨てる。ここで、はっきりと言わせてもらう。旅先で会う日本人の女の子たちの何十パーセントかは、ほんと、幼稚に見える。それも、団体行動している娘たち。不思議なことに、ひとりで旅行している娘は、皆、美しい東洋の女を演出出来るのよね。甲高い声ね、いい加減にしなさいね。ま、これって、毎回書いていることだけど。フェラガモのブティックで、店員さんに話しかけられているというのに目すら合わせず、○○ちゃーん、これどーお？　なんてお友達を呼ぶのは止めなさいね。なんて、私は、フェラガモなんて入ったこともないのだが、モモが、日本人の女の子のひどさを書いてくれ、といくつも例をあげるので……。（さすがに、これ以上、書く気しないが）高級店に群がる日本の女たちって、動物よ！　動物!!　と、ひとりのゲイが激怒していたことだけを伝えておこう。

どうせ群がるなら男にしろ！　と、憤る私とモモであった。物欲よりも性欲の方が、断然、私の好みだ。そして、そういう私は、日本の男にちっとももてない。やはり日本って、彼女たちの天下よね。

ところで、男と言えば、私は、素敵な道路工事作業員のお兄さんに出会った。モモと二人で、ゲイだろうか、ストレートだろうかと議論した末、(何しろスキンヘッドなので）工事中の脇を通って、チェックすることにした。目が合っても絶対に、そらさないこと。私と目を合わせればストレート。彼と目を合わせればゲイである。で、勝った私。わーい、わーい。何故、わーい、なのかは不明だが、嬉しかった。何しろ、ものすごい目なのだ。私が、視線をそらさずにいると、向こうも絶対に、そらさない。まるで、闘犬になったような気分だったわ。モモと、勝った負けたと言いながら、いつものゲイの溜り場のカフェに行って、それを伝える。すると、皆、こう言うではないか。

「あー、知ってる、知ってる。あの道路工事人ね」

誰もが、目をつけていたようなのだ。フランクに至っては、ここまで知っている。

「あ、あの子、ストレート。セーヌ川の労務者の宿に寝てるんだ」

こっそり、もぐり込んで、隣に寝て来ちゃえば、などと言われたが、いーの！　ポンは既婚者なんだから!!　ファンタジーだけで満足よ。それにしても、あの男の子、カソヴィッツの「憎しみ」っていう映画に出て来そう。きゃー。

ふう。いくらパリでも、私のエスカレート症は治せない。私は、こういう意味のないことを楽しむのが好き。それは、モモも同じらしくて、私たちは、ジャン・ポール・ゴルチエ様で決めて、超高級ホテルのリッツとプラザアテネのバーに行ってかまして来たのさ。ま、かましたと思ってるのは、私たちだけだったかもしれないが、気分良いよね。
「今日は、モモくん、あなたが、マジェステよ」
「うれしー。でも、詠美さまは？」
「キングに決まってるでしょうが」
などとあさはかな会話を交わし、謎《なぞ》の東洋人と化した二人であった。結果？　ほーっほっほ、ギャルソンたちは、私たちのしもべとなってひれ伏していたわね。（ま、言わせてくださいね。頭の中、チーズとクリームだから）
このゴルチエ様のお洋服は、急遽《きゅうきょ》、本店で調達したものだが、そこでは、あの元祖スーパーモデルのリンダ・エヴァンジェリスタが、ＣＭの撮影中であった。真近で見るリンダは、ものすごく美しくて、ものすごく大きかった。私は、すっかり嬉しくなって、ゴルチエのお洋服ばかり買ってしまった。なんだか、これから、スタイル変わりそう。もうダイエットしかない。やせて、例のゲイ・バーでも、マジェステ様と呼ばせて見せるわ。（やっぱ、すごく意味ないこと言ってる）
そんなこんなで、無事、日本に帰って来た今回のパリひとり旅。うんと楽しくて、うんと疲れた。素敵な男の子たちに沢山出会えた。でも、誰も私を女として扱ってくれなかった。夫のC・D（仮名）と再会した時、あろうことか、ものすごく彼が男らしく見えた。ま、たまには良いかも。ポンちゃんにとって、ひとり旅とは、Keep hitting my secret spot. あ、パリで大ブームなのは、ワンダーブラならぬ男性用ワンダー下着のHO1。そんなとこで見栄張ってどうする⁉

PON HAIR®

この夏ポン美容室のおススメヘアー

漫画のタンタンのように前を少し刈り上げた、真夏にピッタリ、光ります！

Pon

真夏の談笑マニア

パリから戻って三日後、京都に行って来た。ちょっとばかり仕事モード入ってる旅行だったのだが、同行者は、例のI・L・A・(しつこいようだが、IZAKAYA LOVERS ASSOCIATION)の連中であるからして、新幹線に乗る前から、クレイジーな雰囲気漂うことは必至であった。ワインやら、ゴージャスなチャイニーズランチを持ち込んで、既に、御機嫌状態。ああ、これからシックな街を散策するってのに。私たちって、本当に、自分たちのスタイルを曲げようとしない傍若無人な奴らである。別に、何も、新幹線の中でまで、ブルゴーニュのワインにこだわることないじゃないかって思う。だって、居酒屋愛好会だぜ。しかしながら、飛行機や列車の中でいただくワインって最高においしい。(当り前だ、あんなに高かったんだからな、なんて、「ダ・ヴィンチ」の亀谷に言われそう)旅情をつまみにして、感傷に浸るなんて、ちょっと「偶然の旅行者」って気分だ。私をジーナ・デイヴィスと間違えたりしちゃ嫌よ。たとえ、同行者たちが、へなちょこムードをかもし出していたって平気。だって、私は、ふらりと旅に出た孤高の作家なんですもの。三名の男たちが、気取ってんじゃねえよ、と言っているのが聞こえたみたいだけど、気のせいよね、きっと。ポン助、京都では悪さしないで、大人しくしててね、と言っている幻冬舎の石原の姿が目のはしをよぎったみたいだけど、錯覚よね。

あ、その石原の発言で思い出したが、この間、某出版社のパーティで、作家の水上勉さんにお会いした。ご挨拶《あいさつ》の後、私は言った。

「水上さーん、私、この間、京都に行って来ちゃったよー」

すると、水上様は、ひと言、こう返すではないか。

「詠美、京都の街、汚さんといてや」

ひゃー、なんというくそじじい、いや、もとい、いけずな発言であろうか。うう、年上の男性は敬わなくてはならない。そうよね、そうですよね、そうすべきよね。はいはいはいはい。しかし、あそこまで年上だと、もう、その域を越えてしまって……ふう、考えないようにしよう。あちらは、どうお思いかはしれないが、私としては、一番年上の大切なくそじ……あ、違った、男性として、お慕《した》いしているざんす。

ま、それはともかく、もちろん、美しい古都を汚すようなこともなく、さっさと仕事を切り上げて、だらだらと過ごす、I．L．A．のメンバーであった。しかしなあ、京都まで行って、結局、私たちって、明け方までホテルの部屋でワイン飲んで仕様もない話をしていただけ。フィジーでもそうだった。場所を選ばないと言うか、単に、皆で集まる口実を捜しているだけと言うか。最初の夜なんて、全員で、深夜映画見てだらけてたんだものね。何故、京都？　別に、石原の家でも良かったんじゃないの？

その時、観ていたのは、ニコラス・ケイジ主演の作品だったのだが、その中で、彼と相手役の女優がセックスをする時、彼女が、こう言う。

「おれの名前を呼べ、と言って」

何故だか解らないが、この瞬間、男たちが、一斉にどよめいた。「ダ・ヴィンチ」の亀ちゃんに至っては、倒れ込んで、うけていた。そんなに、問題視する台詞《せりふ》だろうか。彼らに尋ねると、女の子と寝る時に、そんなこと、口が裂けても言えないとのこと。以来、私たちの間で、この言葉が大はやりする。

受話器を取った瞬間に、聞こえるこの声。

「おれの名前を呼べ」

「亀谷」

そこで、しばらく笑い転げるのだが、私たちって、馬鹿？　いったい、何がそんなにおかしいのか。この年齢になって、箸《はし》が転がってもおかしい状態に突入してしまったI.L.A.なのである。

「ねえ、ねえ、京都弁て、すっごくセクシーじゃん？　京都弁で、おれの名前を呼べ、と言ってって何て言うのかね」

と、いう私の質問に、しばし首を傾《かし》げて考える男たち。カメラマンのヤットが、ぼそっと言った。

「うちの名前を呼びなはれ、と、言いなはれ」

それって、なんか、めちゃかっちょ悪くないかい？　寝てる時に、それ言われたら、百年の恋も一瞬で冷めちゃうだろうが、うーん、何て言うんですかねえ。うちの名前ゆうてってゆうてえな、とか？　しかし、男の人も、うちって自分のこと言うのかな。私も、こんなことばかり考えてて、ほんと、馬鹿だなー。

京都の夜は、恋愛談義で更けて行く。歴史ある街のありがたみを、まったく知らない連中だ。でも、男の子たちと、恋愛の話するのって楽しい。ま、私は、かなり男入っちゃってる性格だから、彼らも気を使わないのだろう。ここに、ちょっと、可愛《かわ》い娘《こ》ちゃんなんか混ざったりすると、途端に、彼らって格好つけたりするんだよね。おい、さっきまで、手の内さらけ出してただろうよ、おまえたちってなもんである。

そうだ。手の内と言えば、この間、私は、ある男性と手をつないで夜の街を歩いた。手をつなぐって良いよね。私は大好きだ。おっきい手の中に、自分のそれがくるまれてるって感覚、こたえられない。こんながらっぱち（死語）の私でも、守られているって感じがして、嬉《うれ》しくなる。でもなあ、私の手って骨張ってて大きいんだよね。煙草《たばこ》の似合う指なんて言われて喜んでたけど、男の子と手をつなぐ時だけは、女らしい小さな手だったら良かったのに、と少し悲しく思う。手は良いよ。変な形してる。そして、変な形してるものって、セクシーじゃない?

ところで、I・L・A・メンバーのひとり、カメラマンのヤットだが、彼は、京都旅行中、私たちを見て、不安を隠し切れない様子が、ありありだった。何故なら、彼は、数日後、銀座のイタリア料理店で、結婚披露宴をする予定だったのだ。主賓席? ほっほっほ、もちろん私たちよ。

「イタリアンかあ。あ、ヤット、私、プリモ・ピアットは、冷たいトマトのカッペリーニね。それしか食べない」と、私。

「銀座でイタリアンかあ。おれとしては、京都の〈ちもと〉がいいなあ」と石原。

「おれの名前を呼べ、と言って」と、(意味なく)亀谷。

こんな自分勝手な連中をメインテーブルに座わらせる、ヤット、それは、きみが悪い。後日談になるが、案の定、彼は、パーティの間じゅう必死の形相《ぎょうそう》であった。ま、私たちも、彼の晴れ舞台に苛《いじ》めるようなことはしなかったけど。もちろん、終了後、場所を帝国ホテルのバーに移して言いたい放題。気が付いたら夜になっていた。実は、私たちは、日頃、こきつかっている彼をねぎらう意味で、宿泊先のホテルに、シャンペンとお花を、こっそり送っておいたのさ。私たちも、そこで止めときゃ良い奴らなのに、わざわざ新婚さんの部屋に電話した。

「おれの名前を呼べって、言った？　ねえ言った？」

「………」

しつこい。本式に、しつっこい。ああ、なんだって、この人たちと出会ってしまったんだろう、おれって……。きっと、彼は、そう感じていたに違いない。でもね、予期しない出会いがあるからこそ、人生っておもしろいのよ。これからも、がんがん、人生の試練てやつを味わわせてあげてよ、ヤット。まあ、あまり意地悪なことして、仕返しされても恐いので、このくらいにしておこう。

ところで、京都から戻って来たら、新刊の『路傍の熱血ポンちゃん！』の読者カードが、届いていた。すごい量だ。読者の皆さん、いつも励ましのお言葉ありがとう。「小説現代」を買う人に、私の読者なんているのかね、といつも思っていたのだが、ありがたいことです。しかし、やはりと言うか、皆、連載中には、全然、読んでいてくれなかったみたいだ。だから、ここで告知しても、何の意味もないかもしれないが、今度出る新しい短編集『4U（ヨンユー）』のためのサイン会をやる予定。うーん、死ぬ程、恥しいサイン会であるが、お暇な方はいらして下さい。ほら、年に一回しか本の出ない私としては、こうやって宣伝するしかないわけよ。関西にも、また行っちゃうからね。ポン姉を見かけたら、お声かけてちょうだいよ。ジャン・ポール・ゴルチエ様か、ヒステリック・グラマーのお洋服着てるから。なんて。男の子からの読者カードに、詠美が、ヒステリック・グラマー着てると思うとぞくぞくすると書いてあったので、調子に乗っているのさ。しかし、八月のサイン会は、超暑そうだ。もしかしたら、根性なくして、短パン・Tシャツになってしまうかもしれない。アクト・アップ（エイズのボランティアグループ）のTシャツにしようかな。パリの事務所に、ゲイの友人が入っているので、そこで調達して来たのだ。そう言えば、昔、某出版社のパーティに、SAFE SEX OR NO SEX と書かれたコンドームのパッケージを胸に付けて行ったことがあるが、誰にも気付いてもらえなかったっけ。日本って、いつも、ブームなだけで終わっちゃう。かと思うと、こちらに善意を強要したりして。大人じゃないなって思うこともしばしばである。授業で使うから、それに間に合うように文章書いて送り返して下さい、なんていう手紙をもらったりすると、何を考えているんだろうと、うんざりする。駄目な男とつき合っている娘の本棚に、山田さんの本があった。あれは、小説の中だけの作り事だと娘に書いて送ってくれ、とある母親から手紙が来た時は驚愕《きょうがく》した。何なんだよ、いったい。知らねえよ、あんたの娘なんか。私だって、いつも読者の人々のことは考えている。私の本を好きでいてくれることに心から感謝している。しかし、それ以上のことを期待されても無理な話だ。私は、人に好かれることが好きだが、嫌われることも好きなんだよね。誰にでも好かれる女なんて、ちっとも、おもしろくないと思う。だから、はっきり言わせてもらおう。小説を書くことについて以外の要求は、お断わりなのだ。私は、他人の責任を取るのが大嫌い。そう、恐怖の無責任女なのだよ。

まあ、それはともかく、サイン会って、ほんと、ばつ悪い。私は人前で何かするってのがものすごく苦手なのだ。あのヤットの結婚パーティのスピーチですら、緊張して震えちゃったものね。くーっ、足許見られたって感じ。日頃、いばり倒してるのに。講演会とかであがらない作家の人が、真底羨《うらやま》しい。クラブで目立ったりするのは大好きだというのに。結局、私に出来ることって、男の気を引こうとすることだけなのかも。(成功してる訳じゃないけどね、もちろん) けれど、読者のお顔を拝めるチャンスだ。苦手だけど、サイン会への意欲を燃やしてやる！　と、わざわざ書いて自分を励ましてるって訳。とほほ。

話は変わるが、今、結婚して沖縄に住んでいる大親友の女の子が、実家に里帰りしているので楽しい。彼女の実家は、私の家の前のマンション。福生《ふっさ》で遊びまくってたいわゆる基地の子ってやつですな。二人で話していると、ほんと気分は、クラブフリークだった時代に逆戻り。昔、私たち二人は、トリックスター (やらせそうでやらせない可愛い娘ちゃん) なんて呼ばれて、基地のクラブで、ちやほやされて、いい気になっていたものさ。そのつけが、後で回って来たりしたものの、遊ぶことに、あれ程、真剣だったことを懐しく思い出す。恋愛の話などし始めると、朝まで話が途切れない。男友達は、何人いても素敵だけれど、女友達は、厳選してとことんつき合っちゃうのが私の主義。そこには、つき合いで一緒にトイレに行くようなごまかしがないから、会話は、どんどん純度を増して行く。女友達がいないから、その人とつき合うのではなく、その人でなくては駄目だから側にいる。私の女を見る目は、こう見えても、ちょっと鋭い。私は、男前の女が好きなのだ。そういう女友達と不在の時間を言葉で埋めて行くのは、時には、恋人と過ごすよりゴージャスな感じがする。たとえ、男の子との先約があったとしても……うーん、あったとしたら、やっぱ男優先よね。ごめん。

その親友と、男性ニュースキャスターについて話していた。もちろん、仕事の内容のことではない。誰が好みか、というような下世話な話。私が、ニュース23の池田くん（勝手にくん付け。もちろん面識なんてない）が好きというと、彼女は、えーっ若造じゃん、私は筑紫さんの方が良い、と言う。うわっ、人の好みって違うねえ、としばらくどこが良いのかについて話し合っていたのだが、私は、こうも付け加えた。

「あ、ニュースJAPANで、安藤さんのお隣りにいる人も結構好き」

すると、彼女は、怪訝《けげん》な表情を浮かべて言った。

「あの木村太郎って人？」

ちがーう!!　どうして、おじさんばかりに目が行くかね、この女は。それにしても、この間、石原にも言われたばかり。

「ポン助、それってさ、女性の局アナ見たさに、ニュース番組を選んでいるおやじとどこが違う訳？　あんた作家でしょ？　情けない」

……ほんと、おっしゃる通りざます。そういうおやじってさ、一度で良いから、お手合わせ願いたい、とか言うんだよね。うひゃー、くわばら、くわばら、お手合わせって、ものすごい死語だ。やはり、ニュース番組は、クールに見るべきであろう。でも、でも、CBSのシックスティミニッツのエド・ブラッドレイを見ると、今でも、どきどきしちゃう。あの白髪の顎《あご》ひげに、光り輝く片耳のピアス。彼の女の子になりたい！　でも、筑紫さんの女の子には、絶対になりたくない！（まさか、これ読んでないと思うけど、読んだりしてたら、冗談ってことで、お茶を濁す）

この間、中野翠さんと対談して、とても楽しい時間を過ごしたのだが、その時、話題になったのが、何故、日本には、談笑というものが存在しないのか、ということだ。どうして、盛り上がるとカラオケ、という事態になってしまうのか。そもそも、何故に、盛り上がらなくてはいけないと日本人は思ってしまうのか。嫌だねえ、盛り上がりたい病。私は、好きな人たちと一緒に、だらけた会話を続けて行きたい。ポンちゃんにとって、談笑とは、I get natural high with bad company. のひとときである。だからと言って、I．L．A．の連中と一晩じゅうテレビ観てる場合か。おれの名前を呼べ。

シャボン玉
遊び
涼味満点
(株)山田玩具

真夏の人間模様

「私たちのセックスについて」、だって。ひゃー、すごいタイトルの対談だ。いったい、そんな臆面もないこと話しているのは、どこの誰だ!? と、思ったら、私と髙樹のぶ子さんであった。「小説現代」の九七年八月号のことである。しっかしなあ、これって、ゲラの段階まで確か「恋愛について」っていうタイトルじゃなかったっけか。なんだかなー。恋愛という言葉をセックスに置き替えても同じ意味だと思ってる人種って、心が貧しいような気がするけど。せっかく、お会いしたかった髙樹さんにようやくお目にかかれたのにさ。ほんと、申し訳ない気分だ。相手が、私でなかったら、断わりなしにこんなタイトルにはならなかっただろうに。確かに、私は、セックスについて話すのは好きだ。しかし、それをそのまま、恋愛と置き替えるのも、そして、その逆もありというのとも、まったく話が違う。ちったあ、言葉を大切にしている人間と自分のこと思ってたけど、世間様は、そう思ってくれない訳である。ぐっすん。私って、今でも、十二年前と同じ理由でしょんぼりしてる。このタイトルを見たら、どんな男だって、恐しくって逃げ出してしまうだろう。うー、もしも、私が男にふられたら、「小説現代」のせいだからね。(要するに、私は、このことが恐くて腹立てる訳ね)おまけに、写真は、めっちゃ不細工に写ってるし。

と、いうようなことを幻冬舎の石原に訴えていたら、彼は、こう言った。

「えー? でも、あれって、おれたちが見たままのポン助だよ。あ、もしかして、自分のこと、実物よりも、ずっと美人だと思ってない?」

思ってないから、綺麗《きれい》に撮って欲しいんじゃないか。ブスは、ブスのまま写ってろって言うの? もーっ、男が寄って来なくなったら、どうするんだよ! (結局、このことが、恐いだけなのさ)

I.L.A.(しつこいようだが、IZAKAYA LOVERS ASSOCIATION)の一員である、カメラマンのヤットに、インタビュー中の写真を撮ってもらう時の私の台詞《せりふ》は、いつもこうだ。

「あ、ヤット、アーティスティックに撮ろうとか、内面を引き出してやろうとか、ぜーんぜん考えなくても良いからね。実物より、百倍、可愛《かわ》い娘《こ》ちゃんに撮ってくれるだけで良いの」

渋い顔のヤットである。その方が、はるかに困難である、とその目は言っているが、いーの!! 私は、単なる可愛い娘ちゃんになりたいんだから。

本当のところ、私は、写真を撮られるのが、大嫌い。人前で話をするのと同じくらいに苦手だ。もちろん、自分の写真なんて選んだこともない。インタビュー受けて、写真撮られたら、それっきり。掲載誌も、あまり見たくない程だ。自意識過剰の裏返しなのは解っているが、私は、あくまで、ライブでせまるのさ。ブスの言い訳にすぎないかもしれないけど、私の価値は、向かい合った男にしか発揮されないのよ。ほーっ、ほっほっほ。(なんか、やけくそ状態)

で、男たちと向かい合うために、軽井沢に行って来た。その男たちってのが、宮本輝さまと水上勉さまなのが、ちょっと悲しいが、お二人とも、私の大好きな殿方である。二日続けての対談ツアー、第一日目には、図々《ずうずう》しくも、輝さんの別荘にお泊まりの予定を立てた。あそこの息子二人も、りっぱな青年に成長したことだろうし。と、楽しみにしていたら、二人共、軽井沢になど来ないという。

「えー、若い男もいないのに、輝ちゃんち泊まっても意味なーい」

と、嘆く私を慰める石原。彼と、幻冬舎社長のケンケンこと見城氏も、対談後に合流して、宮本邸に宿泊予定なのである。彼らは、翌朝、ゴルフに行くと言う。しかしなあ、あそこの可愛い息子たちも、もう親と夏休みを過ごす年齢でもないのよね。長男の陽平くんなど、昔、詠美お姉さんと呼んで、私を慕ってくれたものだが。というようなことを、対談後、輝さんに言ったら、鼻で笑われた。

「もう、詠美のことなんか、はなも引っかけへんでー」

ああ、そうですか。でも、いいの。輝さんの秘書の橋本くんは、二十六歳のヴェリーハンサム。私に、ちょっかい出されないよう、せいぜい、お気をつけあそばせ。

ところで、私は、軽井沢を訪れたのは初めてである。長野県だという認識すらなかった。うーん、しかし、こんなに空気の綺麗なところであったとは。おまけに、東京の暑さが嘘《うそ》のように涼しい。なんて、過ごしやすい所なのだろう。ここで、私は「避暑地の猫」ならぬ、避暑地の居候《いそうろう》と化して、無芸大食の道を極めるのさ。ポン、見城、石原と来たら、サイパン旅行も極めた最強のトリオである。（詳しくは、講談社文庫の『嵐ヶ熱血ポンちゃん！』をお読み下さい）気のおけない連中とは、まさに、彼らのこと。さすがの人生の達人、宮本輝先生もかなうまい。もう、飲んで食って破目、外してやるわ。

と、それは、冗談のつもりだったのだが、本当にそうなってしまったのである。私を抜かした人々は、早朝から、ゴルフだってのに、もう止められない、止まらない状態に突入。明け方まで、はしゃぎ続けたのであった。

翌朝、目覚めたら、秘書の橋本くんしかいなかったが、聞くと、彼らは、酔っ払った時のテンションそのままで、ゴルフ場に向かったという。私のせい？　いや、いや、私、そんなの信じない。アフリカの踊りを踊ってたのは見城だし、勝手にウイスキーを持ち出して来たのは石原だし、詠美ー、キックやー、と何故か寝る前に景気つけてたのは輝さんですもの。ワイン飲み尽くして、日本酒の一升瓶《いっしょうびん》を抱えてたあのふざけた女が、ポンだったなんて、いやーっ、私、信じない。

まあ、仕方がない。その日は、「とり輝」開店の夜だった。雨降る中、橋本くんや姪《めい》ごさんたちが、庭に張ってくれたテントの中に「とり輝」はオープンした。炭火焼きの世にもおいしい焼き鳥屋さん。皮はこんがり、お肉はしっとり。ドン・ペリニョンも、モンラッシェもあるのさ。お野菜もたっぷり。カルビだって、香ばしく焼けている。仕上げは、焦《こ》げたおしょうゆの匂いがたまらない焼きおにぎり。御主人は、ちょっと偏屈だけど、ほんとは、関西出身の気の良い奴なの。ああ、軽井沢の至福、焼きもの処「とり輝」!!

なんて、悪のりし過ぎて、もう招《よ》んでくださらなくなると困るので、この辺にしておくが、雨の中、黙々と焼き鳥の串《くし》を返していた輝さんのお姿、一生、忘れないわ。これから、彼に、どんなに、いけずな扱い受けても許せると思うの。漂っていたあれは、ペーソス？それとも、炭焼きの煙？　いいえ、人生の達人のオーラであろう。

さて、皆が出払った後の私は、いい気になって、別荘と秘書を手に入れた喜びにうち震えていた。ほーっほっほ。勝手知ったる他人の家。水上勉さんとの対談のために迎えに来てくれた編集者の方々を、お通しして、橋本くんに言うことには、

「橋やん、お茶」

これこそ、必殺技の図々しがためってもんである。後で、橋本くんが、このことを伝えると、あいつは、そういう女やでー、と輝さんは、おっしゃったそうな。ふん、知らないもん

ね。後の祭りってやつさ。

つかの間の軽井沢の文豪気分を味わった後、今度は、水上さまに会うために小諸《こもろ》へと向かう。しかし、途中で、何度か道が解らなくなり、結局、どこかの駅前に止まっていたタクシーの運転手さんが、私たちの車を先導してくれることになった。そして、そのおかげで、無事に着いた。しかし、着いた所は、玉村豊男邸だったとさ。タクシーを帰し、ワインやら、荷物やらを車から降ろし、当然のように、玉村さんの敷地を徘徊《はいかい》する私たち。私なんか、建物の中にまで入り込み、首を傾《かし》げながら、水上さんがダーツなんか、するのかなあと考えていた。すると、困惑しきった編集者の呼ぶ声が。出て行くと、そこには、玉村さんがいらして、やはり、怪訝《けげん》なお顔をなさっている。

「あ、山田さん、初めまして」

玉村さんが挨拶《あいさつ》してくださるので、私も頭を下げて、お返しをした後に気が付いた。あ、そうか、今日は、たまたま、玉村さんが、水上さんの所に遊びにいらっしゃったんだ。もちろん、そう呑気《のんき》に思ったのは、私だけ。編集者の人たちは恐縮しきった様子である。彼らに言われて、ようやく、私にも事の次第が解って来た。つまり、私たちは、間違えて先導されてしまったのだ。くそーっ！　あのタクシーの運転手、金返せーっ!!

それにしても、私たちも驚いたが、一番驚いたのは、玉村さんであろう。ひゃー、ごめんなさい。でも、ラッキー！　こんなことでもなかったらお会いするチャンスなんてないもんね。何しろ私は、玉村さんの愛読者なのだ。『料理の四面体』なんてバイブルですもの。と、こんなふうに、やみくもに前向きだったのは私だけで、編集者たちは、すまなさでいっぱいの表情。結局、玉村さんのところにいらした女の方が、私たちの車を、今度こそ水上さんのお宅に先導してくださったのだが、彼らは、その間、車中で身もだえていた。本当に、すみませんでした。そして、ありがとう。

ようやく辿《たど》り着いた水上さんのお宅は、竹林を前にした夕陽の美しい所だった。湧き水が流れ、そこに、わさびとクレソンが群生している。御自分で紙を漉《す》き、コンピューターで升《ます》目《め》を入れ、原稿用紙を作っていらっしゃる。伝統と最新の融合ってやつですね。かっちょいい。

到着予定時間をはるかに遅れた私たちに嫌な顔をするでもなく、水上さんは、御自分で、炊《た》いたという南瓜《かぼちゃ》やわさびなど、あれこれ御馳走して下さった。うひょー、昨夜が、焼きの処「とり輝」なら、今日は、精進料理「水上」だーい。ゴージャス!! と、またもや、呑気に喜んでいたのは私だけで、編集者たちは、かなり緊張していたようである。私が「みっずかみさーん」なんて、ため口をきいているのを耳にして、さぞかし驚いたことであろう。

精進料理、と来たら、やはり白ワインである。精進するのに、何故、酒を飲むかという素朴な疑問は、この際、どこかに置いておこう。また飲むのか、昨夜の反省はどうした、と言われそうだけど、素面《しらふ》じゃ男は口説けませんでしょ、やっぱ。えっ？　あ、私は対談のために、ここにうかがったのでしたわね。えーい、かまうもんかい。こうなったら、文学使って水上勉を口説いてやらあ。と、やけになった振りをして、白ワインをたらふくいただいちゃった。お庭でとれたクレソンのなんと良く合うこと。みずみずしくって、柔くって、苦いの。あれ？ これって、まるで恋のお味にそっくり。さっと、バターで炒《いた》めて、岩塩をぱらりと振ってもおいしいであろう。細切《こまぎ》れのベーコンを炒めて脂を抜いたベーコンビッツをドレッシングと共に振りかけてもいかす。うーん、やはり、ポンは、色気より食い気かもしれない。薄切りのローストビーフで巻いて食すのもグッドだ。もちろん、シンプルにマヨネーズも美味。

肝心の対談は、結構、まじな文学談義になったと思う。水上先生からすれば、私なんて下っ端の小娘だろうが、対等にお話をしてくれるので、とても嬉《うれ》しい。で、ついつい図々しくなってしまうのですね、これが。大先輩であるのを忘れて、足の指が可愛いとか言ったりしてさ。反省しよう。

しかし、輝さんも水上さんも、好きだなあ、私。だって、全然、良い子でも良い人でもないんだもん。これは、もちろん賛辞のつもり。良い人なだけじゃ、小説なんか書けない。かと言って、悪人にも書けない。そのかね合いの微妙なバランスが、優れた作家を生むんじゃないかって思う。恋愛とセックスを置き替えてもＯＫという鈍感さは、彼らには、まったくない筈だ。似て非なる言葉のバランスに命かけてるのが、作家というお仕事でしょう。くそ

ーっ、「小説現代」の対談のせいで、ふられたら、どうしてくれるっ!!（まだ言ってる）

そんなこんなで、二日連続の避暑地の対談ツアーは幕を閉じた。お世話になった方々、本当に、ありがとうございました。ふう、と息をつく暇もなく、今度は、大阪、京都のサイン会ツアーに行って来た。新刊『4U（ヨンユー）』のためである。サイン会が超苦手な照れ屋のポンだが、これが、楽しかったんですね。昨年同様、大阪の子たちのパワーは、すごかった。一日だけ、アイドル気分、味わわせてもらいました。しっかし、サイン会の時、いつも、めっちゃかわいー!! とか、ちっちゃーい!! とか言うのは何故？ これこれ、私は、きみたちより、ずっと年上のお姉さんなんですからね。ま、短パンとTシャツに、ナイキのキャップでサインしてりゃ無理ないか。詠美ちゃんやー、なんて叫んでた娘もいたけど、私って確か物書きだったよね。

京都の子たちは、大阪に比べると物静かだったけど、じっと見詰められたりして、どきどきしちゃった。書店の店長さんが感動したように言ってたよ。

「山田さんの読者の娘たちって、ほんと、綺麗で、お洒落《しゃれ》ですよね……」

そう、良い所に気が付いたね、嶽山くん。これは、はっきり言って自慢だし、誇りにも思っているのだが、私の本を読んでくれている女の子たちは、皆、可愛いくって、ファッショナブル。男にもてそうな女の子ばかりである。（石原いわく、でも、ひと筋縄では行かなそう、だって）サイン会を手伝ってくれた男性たちは、目の保養と言っていたが、私だって同じだ。こんな魅力的な女の子たちが並んでくれるなんて感激なのさ。男の子たちもキュートだ。いきなり、リュックから花束なんか出しちゃってさ、おい、ナイフかと思って恐かったぞ。でも、こういう読者に恵まれるって、私って幸せだなあと思う。私のラブストーリーは、いつだって、男前の女とべっぴんの男のためにありたい。皆さん、沢山《たくさん》のお手紙やら贈り物、ありがとう。もちろん、全部読みました。ポン姉も、怠惰という悪徳を退治して、もう少し、お仕事するからね。

今年の夏は、恒例のバリ島旅行にも行けなかったけれど、楽しいハプニングが続出。ポンちゃんにとって、人との関わりは、Gorgeous delivery of new baby. の楽しい驚き。これだから、人生止められないよね。だって、宮本輝の焼いた焼き鳥を食うなんて、いったい誰が予想した？　うまいでー。

ポンだし
鰹
内容量二〇〇ml
定価二九〇円
ヤマダ

わくわく気分のディスカバリー

東京での二つのサイン会も無事に終わり、何本ものインタビューもこなした八月。字も書いてないのに、すごーく働き者になったような気分だ。人前に出るのが苦手な私だが、やれば出来るじゃん、えっへん。毎年、夏の仕事を断わるのに「暑いから」と、ひと言ですませて来たポンには、ちょっと誇らしい気持だ。二つのサイン会なんて、同じ日のダブル・ヘッダー。おまけに、その間に、インタビューまで受けてしまう、私にとっては信じられないスケジュール。営業の人たちや担当編集者にとっても、同様だったらしく、すべての行程が終了した後、全員、爆発状態に突入。ただの酔っ払いと化したのだった。サイン会が大成功だったものだから、すっかり太っ腹になっちゃって、高価なワインを開けまくり、翌日、大反省の私と幻冬舎の石原。(他の連中は、あれ以来消息不明。行き倒れてないと良いけど)

「イッシー、いくら、サイン会で本を売りまくっても、あれじゃあ意味ないねえ」

「うん……全部、持ち出しって感じ」

「まあ、宵越しの金は持たねえってのも良いかも」

「でも……おれ新潟生まれだし」

ふう。私たちって、どうしてこうなんだろう。飲んだ翌日、誰からともなく反省の電話をかけ合うのだが、溜息をつくことしきりである。『平成よっぱらい研究所』(祥伝社刊)というめっちゃおもしろい漫画があるのだが、あれって、とても他人事とは思えない。酔っ払いって、何故、自分が酔っていないと思うのだろう。素面《しらふ》では、絶対に言えないことを言ったり、出来ないことをしちゃったり、無理めの男を口説いちゃったり、見覚えのない男の隣に寝ていたり、うーん、不思議である。おまけに、私には、宿酔《ふつかよい》がない。したがって、こりない。反省はするものの、すぐに忘れる。昔、ジンやウォッカを飲んでいた時に味わった宿酔が、ワインのみに替えてから、すっかりなくなってしまった。ワインが、体に良いって本当なのかな？　でもねえ、あんなに酔っ払って、高価なワインを開けても、猫に小判というものであろう。

しかし、ワインの酔いって良いよね。気怠《けだる》くて、世の中捨てたもんじゃないって気分になって来る。反対に、ジンやウォッカなどのスピリッツ類は、しゃきっと覚醒させられるという感じ。欧米では、女を口説く時には、ワインを飲ませ、別れ話をする時には、ジンを飲ませろ、という言葉があるらしいが、長い夜の始まりには、ジンベースのカクテルが似合うのかもしれない。最初から、シャンペンやワインで始めてしまう私は、いつも、力の抜けただらけた酒の飲み方をしている。ダンディズムなんてなんぼのもんじゃい。でも、勝手な言い草だけど、男の子には、いつも、毅然《きぜん》として、エスコートしてもらいたいの。高速道路の入り口で、げろを吐いた石原みたいのが、自分の男だったら、ちょっと困る。私に、あの巨体を運ばせた前田日明みたいなのも困りものよね。(ま、プロレスラーという職業柄でしょうか、カウント数えると立ち上がるのよね、不思議と)

私は、お酒の味を知っている男の子がだあいすき。その味とは、舌で味わうものばかりではなく、心の内側で味わう場合も含まれる。舌には理性を働かせ、心には感情を宿らせる。そんなふうに、お酒を楽しめる男の子と一緒に、いただきたいものだ。そして、グラスを重ねる私を、ちょっと飲み過ぎだよ、なんて優しくたしなめてくれたら、すぐに言うことを聞いちゃう……のだが、ポンのまわりの男たちって、自分のおかわりのことしか考えてないんだよね。私も同様なものだから、つい……。うう。『平成よっぱらい研究所』の作者の二ノ宮さんて、いったいどういう女性なんだろう。共感してしまう自分が恐い。道端で、前に、この「熱ポン」を担当していた森山に、プロレスの技をかけられて派手に転んじまった私。素足に超ミニスカートだったポンは、パンツ丸見せ状態だったそうな。こういうところを、万が一、写真雑誌かなんかに撮られたら、男とホテルから出て来るところを撮られるより恥しいんじゃないか。しかし、道で、パンツ見せてる作家も信じられないが、作家に技かける編集者も信じられん。そう言えば、昔、酔っ払って、道でビートルズを大声で歌っていた井上陽水という歌手がいたが、これも信じられん。あ、こら、そんなとこで、プロが声の無駄づかいしてってなもんである。酒の威力、恐るべし、である。この間、私は、酒の勢いで女の子と抱き合ってキスしちゃった。これが気持良いの。連れの男がいなかったら、お持ち帰りしちゃったかもね。私って、酒も男もいける口だが、女の子もいけちゃうかもしれない。

ところで、話は変わるが、この間、若者たちと東京タワーツアーに行って来た。やはり、東京タワー見物と来たら、待ち合わせは、六本木アマンド前の時計の下でしょう、ということで、生まれて初めて、あの交差点で待ち合わせた私。早く着き過ぎた私は、なんだか、妙に恥しくて、書店やらドラッグストアで時間をつぶした。大人になって、六本木は、手馴《てな》れた街なんて思ってしまうと、ああいう場所で人を待つのには、相当な勇気が必要である。

時間ぎりぎりに、おそるおそるアマンドの前に行くと、いたいた。ガードレールに腰をかけて待つ姿って、やはり、若い子ならではよね。彼らは、私が、時々行く六本木のお店で働いている、とても愉快な男の子たちだ。ひとりなんて、カメラまで用意しちゃって、のりやすい奴らだ。と、いう私も、しっかり、東京のガイドブック持参である。こうして、田舎《いなか》から上京して来ましたという雰囲気を演出して、総勢六名は、だらだらと歩いて憧れの東京タワーに向かったのである。

東京に住んでると東京タワーなんて行かないよね、という私の言葉から立てられたこの企画だったのだが、目論見《もくろみ》は大はずれ。あっちにも、こっちにも、ラブラブ状態のカップルが。ひえー、東京タワーって、一大デートスポットだったんですね。もう、このくそ暑いのに、人前で、そんなにタイトに抱き合っちゃって。夜景ってのは、何故、人を、イン・ザ・ムード状態に持って行くのか。夜景を見ながら、愛を語るなんて、きみたち照れないのか!? バスルームから見える夜景を売り物にしているホテルなんてのもあるけど、そんなところでラブアフェアなんて、自分に突っ込み入れたくならないか。私だったら、照れるあまりに、バスローブを羽織り、ブランデーグラスを回わしながら、恥しがらないでこっちにおいで、と男を誘うゲイのおやじ状態に突入してしまうだろう。とてもじゃないが、ジュリア・ロバーツに自分を重ねることなんて出来ない。しかし。恋人たちにとっては余計なお世話。あっ、そんなことまで!! と思っていたら、私たちのグループの男の子が、ぼそっと言った。

「いいなあ。浮気相手と来たいなあ、おれ」

うーん。いいかもしれない。私も、同じように、べたべたしちゃうかも。夜景って、ちょっと、お酒に似てる。恥しいことを平気でさせちゃう魔力に満ちている。

結局、当てられっぱなしだった私たちは、そこを出て、食事をして、グループのひとりの男の子のおうちに。学生気分の飲み会だったが、立ち寄った酒屋でお姉さんが払うから、いいでしょいいでしょと、ついドン・ペリニヨンなんか買ってしまうのは、悲しい大人の性《さが》ってやつ? しかし、胡坐《あぐら》をかいて、車座になって、お酒を飲むなんて久し振り。こういうのをゴージャスと思えるのは、やはり、大人の特権ってものだろう。なんだか、とっても、いとおしい空間だった。そうだ、この愉快な集まりに、T・D・P・(Tokyo Discovery

Party）という名前を付けちゃおうっと。（しかし、I．L．A．といい、ポッキー五姉妹の会といい、ニュピの会といい、私って、部活かけ持ちしてる高校生みたいだ）

　近頃、私は、腰が軽い。はっきり言って浮ついている。何だか知らないけど、いつも、わくわくしてる。恋のわくわく病とは、少し違うのだが、箸《はし》が転がってもおかしい。おまえ、いったい、いくつなんだよ、と言われそうだが、私の辞書にない言葉、それは、不惑というものさ。しかしなあ、予想では、三十代後半は、ぐっとシックに決める筈《はず》であったのに、まだ悪がきやってる。私の周囲の同年代の奴らもそうだ。家庭に落ち着いてホームメイカーやってる人なんて、ほんのひと握り。大人って、いったい何歳から始まるのだろう。

　夫のC・D（仮名）は、自分を、ピーターパン・シンドロームにかかっている、と言う。これは、はやりのアダルト・チルドレンとは、まったく似て非なる言葉だと思う。前者は、前を見ているが、後者は、後ろを見ている。と、いうのは、私の勝手な受け取り方であるが、空を飛べないチャイルドより、自由気ままなピーターパンの方が、ずっと私の好みだ。と、いうようなことを考えながら、今日、昭島のヨーカドーまで歩いて行ったら、犬のうんこを踏んだ。うー、だから、地に足を着けるのは、やなんだよ。

　浮ついた自分の根性を引き締めようと思った訳ではないが、しばらく前に、明治大学の刑事博物館でやっている「ヨーロッパ拷問《ごうもん》展」を見に行って来た。

　実際に使われていた中世の拷問器具の数々が展示されているのだが、その種類の多様なことと言ったら。よくもまあ、こんなもの考えつくものだと感心するやら、驚くやら。一緒に見ていた編集者の男の子は、ひとつ見るたびに、うー、とか、あー、とか、呻《うめ》いている。その横で、腕組みをしながら、淡々と使用方法を読む私。呆《あき》れたように、彼は言った。

「山田さん、もしかして、自分が、やる側になって、鑑賞してませんか？」

「そうだよ」

「ひえーっ、普通、やられる側になること想像して、痛がって見るもんですよ」

「そーお？　でも、見てみ、この鉄の猿ぐつわなんてさ、○○○（作家の名前）に、ぴったしじゃん」

「うー、実用まで考えてますね」

男性編集者たちが、一斉に、耐えられないという表情を浮かべたのは、巨大な鉄のペンチだ。これを火の中に入れて真っ赤に焼き、男性の股間のあの部分をはさんで引きちぎるのだそうだ。これは、やっぱ、痛そうだ。世が世なら、私の男友達の数人は、これで、股間を焼かれていたことだろう。きみたち、今の時代に生まれて来て、ほんと、良かったね。ま、私にだけは言われたかないでしょうけどね。

出口のところに、感想を書いた紙が、ボードに沢山ピンで止めてあった。それを読むと、皆、案外、真面目《まじめ》に見ていたことが解る。人間が、こんなにひどいことが出来たなんて信じられない、という感想が大半を占めていたので意外だった。人間って、どんなことでもしちやうもんですよ、というのが、私の考えなのだが。

「私も、感想書こうかなあ」

「何て書くんですか」

「究極のマゾヒストにとっては、最大の快楽」

「…………」

結局、書かずに、そこを出て来てしまったが、ほら、私って、昔、SMクラブのバイトで、快楽としての拷問めいたお遊びを垣間見《かいまみ》ちゃった女じゃない？　あんまり、ヒューマンな物の見方、出来なくなっちゃってる訳よ。男性編集者、苛《いじ》めるの大好きだしね。問題は、彼らが、苛められるの大嫌いだということなんだけど。需要と供給って、いつの世でも、アンバランスなものよね。

私自身は、どちらかというと、精神的にはサディストで、肉体的には、マゾヒスト入ってるような気がする。えーっ、と驚く諸君、この世に、完全なノーマルなんて存在しないのよ。信じようとしないきみたちの可能性を、今度、詠美お姉さんが引き出してさし上げるわ。なんてこと書くと、ほんとにその筋の男性たちから手紙が来ちゃったりするんだよね。冗談だからね、冗談。

あ、冒頭で、『平成よっぱらい研究所』のことに、ちらりと触れたけれど、もうひとつはまっちゃってる漫画がある。澤井健さんという人の描いている『サーフサイド　ハイスクール』(小学館刊)ってやつ。海辺の悪ガキ高校生たちの話なんだけど、これも、そのトホホ具合が我身を見るよう、と言うか、完全に共感出来ちゃうんだよね。I・L・A・(しつこいようだが、IZAKAYA LOVERS ASSOCIATION)のメンバーと、あの登場人物の男の子たち、まったく同じ会話交わしてる。ってことは、私たち高校生の頃から、ちっとも進歩してないってこと? うーん、ちょっと、気分は複雑だ。いったい第四巻は、いつ発売になるのだろうか。それとも、三巻目で、終わっちゃったんだろうか。続きが読みたーい。でも、読めないから、自分たちで、「サーフサイド ハイスクール」ごっこをしよう。そう、この号が出る頃、私たちは、ほかほかのバリ島帰りの筈である。またもや、デスペラード石原のギターを聞かされる破目になりそうだけれど、とても、楽しみである。サーフサイドで、気怠く気取ってやるわ。でも、私の旅の道連れって、いつも、作家の感傷をぶち壊すのだ。サマセット・モームへの道のりは遠い。

ところで、この間の京都のサイン会で、私は、ものすごく懐しい人物に出会った。終了して、スタッフに先導されて控え室に向かおうとする私に呼びかける「エイミー!」の声。見ると、なんとお懐しや、DJのユタカではないか。きゃーっ、と思わず叫ぶ私。彼は、私の知る限り、日本で初めてのブラザー大好き少年であった。十二年前、日本のクラブに、初めて、ヒップホップのスタイルを持ち込んだんじゃないだろうか。私の新人賞の授賞式に、似合わないタキシードを着て、祝ってくれたっけ。

「エイミー、久し振り、ビッグじゃん」

そう言われた途端、気分は、十数年前に逆戻り。聞くと、今、L．A．に住んでいると言う。綺麗《きれい》な黒人の奥さんを連れていた。日本に里帰りしている間、渋谷のクラブで、時々、回わしていると言う。遊びに来いよって言われたけど、知らないよお、オールド・スクールの曲をかけられたら、私、踊り狂っちゃう。ポンちゃんにとって、浮つくことは、Just like discovery of great high school days. に似てる。ユタカいわく、おれって、今、ベッドタイムアイズの世界にいるの、だって!? くー、日本の男も変わったじゃん。

今蘇る不朽の名作!?
Peter Pon
ピーターポン
'97
原作；バリー・山田
主演；C・ダグラス
監督；AMY Y.
配給；小現映画社

男友達はシャンパーニュ

友人のミュージシャン、サエキけんぞうくんから、オマーの新譜をもらった。オマー!! 彼って、顔はでかいけど、とっても、ロマンティックな曲作りをする、昔から大好きなシンガーだ。うーん、秋に、こういう音楽を聞いていると、男の子と恋がしたくなって来る。それなのに、昨夜も女友達と六本木で飲んだくれ、お店の男の子に、ドリアンをお土産《みやげ》に持たされて朝帰りした。何故、ドリアン……。フルーツのようなみずみずしい恋、とは無縁の臭くてめちゃうまい食べ物である。私は、よく、恋愛小説の中で、男と女がものを食べるシーンを登場させるが、ドリアンには、この先も出番はないであろう。くさや、とか、納豆《なっとう》というのも無理がある。某アイスクリームのCMで、ベッドの中の男女が、シルクのシーツにくるまれて、アイスクリームをスプーンで食べさせ合う、というのがあったが、あれを見るたびに、私は思った。納豆のCMで、同じことやったら、どうかなあ。やっぱ、成り立たないよね。それとも、素晴しい企画の勝利として、CMディレクターへの道は開けるだろうか。臭いとか粘り気とかって、ロマンスの妨げよね。しかし、それならば、ロマンスが高じると、何故、人は、セックスをするのか。あれこそ、くんくん、ねばねば、ぬるぬるの極致ではないのか。うーん、私の文学性（そんなものあったっけか）に新たな課題が生まれたようである。

この間、男友達と話していて、意見の一致をみたのであるが、ロマンスは、生理的欲求をさも存在しないかのように扱うところから始まる。許されるのは、食べることとすること。もちろん、どちらも、排泄《はいせつ》に関係して来るのだが、それは、お互いに見ないふり。しかしながら、私は、物書きだからして、おしっこにも精液にも、嘘《うそ》八百の文学的価値を与えちゃうのなんて、お茶の子である。げろにだって、やれと言われれば、無頼な味つけをして差し上げよう。（しないけどさ）でも、でも、と考えていると、男友達が言った。

「いくら、詠美でも、うんこに意味づけは無理だよなあ」

その通り！　私は、決して金子光晴にはなれない女ざんす。いや、しばしまて。トライしてから諦《あきら》めても遅くはないんじゃないか。題名は「ドリアンな恋」なんてのはどうだ。変な臭い、変な形、でも、ひとたび口に入れたら、あなたもやみつき、あーうめー、もっとくれ。（帯コピーより）本を手に取った人は、もしかしたら、オーラルセックスの指南書と思うかもしれないが、それは早計というものである。恋の至極を描き切った新しい文学の金字塔なのである。

ゲイの親友の男の子が、私に言ったことがある。

「人間の体の中で、内臓の完結しているすべての場所が、一番いとおしい」

うーん、その境地に、未だ行き着けない私は、未熟なのか。秋は、深い考察を必要とする季節である。オマーの曲に身をまかせて、ゆっくりとドリアンについて考えてみよう。

私は、普段、果物をほとんど口にしないが南の島に行った時は別である。ねっとりとしたパッションフルーツが大好きである。私は、すきっとさわやかなものが苦手なのだ。オレンジなんか、どこがおいしいのか全然解らない。鴨《かも》にオレンジソースなんかかけてあると頭に来る。りんごは、好きだったのだが、昔、りんご愛好会というのを作って食べ続けていたら見るのも嫌になった。(これって、友達誘っても誰も入ってくれなかった。結局、ひとり部のまま消滅した)そう言えば、私って、食べ続けて嫌になったものが、異常に多い。ヨーグルトとか。こらえ性ってものがないのね、きっと。男もしかり。気を付けようっと。もう大人なんだし。スパイク・リーの初期の傑作映画に、「シーズ・ガッタ・ハヴ・イット」というのがあるが、あのスパイク演じる登場人物と一緒。プリーズ・ベイビー、プリーズ・ベイビー、ベイビー・プリーズ!! ってなもんである。これやってちゃ、恋もワンクールで終わるよね、とほほ。

さて、ポンは、おいしいパパイヤがいつも存在するバリ島帰りである。いつも同じホテルに泊まるせいか、マネージャーが、料金を変えないまま、部屋のグレードアップをしてくれた。そういう部屋があることは知っていたが、まだ一度も泊まったことのない、超ゴージャスなコテージである。プールはもちろんのこと、別棟には、リビングもキッチンも付いたオーシャンフロント。なんと、あのシドニー・シェルダンさまもお泊まりになったとか。その部屋に足を踏み入れるなり、ふっ、とうとうおれも、ここまで来たか、と呟《つぶや》く幻冬舎の石原。あんたの部屋じゃないってば。

しかし、そのゴージャスな部屋で、私たちがしたことは何か。そう、ただ飲んだくれていただけ。調子に乗って、石原たちの部屋代よりも高いシャンペンをルームサーヴィスで、毎晩オーダーしていたら、ある日、係の人に笑われた。もうありません。あなたたちは、ホテルじゅうのシャンペンを全部飲み尽くしてしまいました。それって、まじ？　本当だったようである。運ばれて来たシャンペンのグレード、次から下がっていたものね。うー、私の印税のほとんどが、シャンペンとワインと旅行のホテル代で消えて行くというこの事実。編集者より安い家賃のマンションに住んでると笑われているポンだが、実は、こんなとこにお金を使っている訳だ。ふん、でもいいの。五ドルの古着を着ていても、心は錦《にしき》よ。え、でも、錦な心って、シャンペンのことだったの？　あの金色のリキッドのために、これだけ散財してるバブルな作家って、私だけじゃないかしら。税理士のアマノさん？　ふ、そんな人もいたわね。(と、ここまで書いて、すごーく恐しくなって来た。社会事業に寄付でもせんかい、という彼の怒声が聞こえて来そう)

それにしても、バリ島まで来て、私たちって何やってんだろ。どこの土地に行っても、お酒好き、お喋り好きは変わらない。道連れのひとり、新潮社のサノくんは、部屋に戻っても喋り続け、石原が寝ようとしたら、石原さん、今寝たら、おれ、手首切りますよ、と脅したそうな。そこまでして、話がしたいか⁉

しかし、私は、そういう道連れが好きである。寸暇《すんか》を惜しんで、観光や買い物に走る人が、私は苦手だ。ただ歩いて、ただホテルの部屋で過ごす。人を見て、人と時間を分け合う。そのことのためだけの旅。それを念頭に置いていると風景が引き立つ。夕陽の色が、いつもと違う。それが、私の瞳を通り過ぎる時、光の粒子は液体に姿を変え、シャンペングラスに注がれる。ああ、結局、酔っ払いの言い訳じゃねえかよ、これって。

ところで、酔っ払った石原は、素っ裸で、部屋のプールで泳いでいた。プールのライトを通して見る彼は、まるで、シーラカンスのように見えた。すごーく不気味だ。彼が新婚旅行で、もしここに来たら、そんなことをしてはいけないと言ってあげなくてはならないだろう。まるで、珍奇な生物を見るように、彼の泳ぎっぷりをながめていた私たち。男の裸って、色事抜かすと、ほんと無用の長物よね。男の人って、どうして、女の裸に関してあんなに騒ぐんだろう。最近のおやじ系週刊誌読んでるとうんざりする。ナイスバディとかいう言葉使っちゃってさ、だっせーって感じ。毛が見えた見えないで、ひとつの記事を成り立たせちゃうって、私には、永遠に理解出来ないことだ。誰が裸になろうといいじゃん。自分の女じゃないんだから。

そう、私は、自分の男の裸だけが好きです。それも、完璧じゃない方が好ましい。そこに、自分の視線が当たった時、その瞬間に、価値が現われる。私というニュアンスを、その皮膚に塗り重ねたい。その欲望が湧く時、恋は、もう始まっている。きわめて個人的な楽しみ。それを元手にしたオブセッションを味わうのは、究極の快楽だと思う。恋愛って想像力だよね。それには、物理的な餌《えさ》がいる。男の裸は、その材料に有効だ。適度におなかをすかせて、それを食べると、素晴しい御馳走《ごちそう》に思える。ま、こうやって、数々の失敗をくり返して来た訳ですが。こんな私に向かないもの。それは遠距離恋愛というものざんす。遠恋ってさあ、おなかすきすぎちゃってさあ。私の恋は、いつも実存主義なのさ。ほーっほっほ。

(なんか、サルトルが聞いたら怒りそう)

バリ島から帰って来て、早々に、いくつかのインタビューを受けた。楽しいものもあり、困惑するものもあり、いずれにせよ、インタビューアーって大変な仕事だと思う。困るのは、私が勝手に、ぺらぺら自分のことを喋《しゃべ》り続けるだろうと思っている人。そういう人って、具体的な質問事項をひとつも用意して来なかったりするんだよね。新作について語って下さい、と言ったっきり、黙ってたりする。そう言えば、去年出た『アニマル・ロジック』に関するインタビューを受けた時、この章ざっと説明して下さいと言った女性記者がいたっけ。説明しなきゃいけないような小説書いた私の責任ね、ぐっすん。なんて殊勝には、思わないのであーる。はらわたは煮えくり返り、こっちが誠実に対処しているのに、その態度は何だ！　と心の中では毒づいているのだが、一応、私も、大人になったのだからと、昔のように椅子《いす》を蹴《け》とばして出て行くなどということはせず、にこやかに、読んで下さいねーなどと答えるのである。

この間のインタビューでも、自分の小説について話すのって楽しいんですかあ、と言ったインタビューアーがいたが、だったら、何故、私はここにいるの、教えてっと言いたくなったことである。たったひと言、楽しくないです、と答えておいたけど、全然、意に介してなかったみたい。なめてるよねー。

日本において、インタビューアーって、まだまだ未開の職業だと思う。優れたインタビューアーが、たったひとりいたら、その人のところに仕事が殺到するのではないか。時々、楽しかったなあと思えるインタビューを受けたりすると、幸せな気分で、その場を去ることが出来る。セッションみたいなインタビューって、すごく興奮出来るのだが。でも、初対面の人間から、嘘のない内面を引き出すのって、やっぱり難しいよね。

さて、ある日、吉祥寺の某イタリアンレストランでインタビューを受けた後、私と幻冬舎の石原は、道路をはさんで向いにある作家の大岡玲の家に電話した。彼も仕事場にいて、留守の筈《はず》だし、鬼のいぬまに洗濯でもするか、と、彼の奥さんの玲子さんと久し振りに、お喋りでもしようかと目論《もくろ》んだのである。あそこの子供たちも、私に首ったけの様子だし。すると、レストランの席も立たない内に、大岡玲が入って来た。取材先から、戻って来たばかりだと言う。

「さっき、帰ったら、家の前で、子供たちが、パジャマ姿で立っててさあ。おおっ、出迎えか、と思ったら、違うよー、エイミー待ってるんだもーんだってさ。それってないよなー」

父親より、エイミーに胸ときめかせてるなんて、なんという可愛い子供たちだ。と、思った私は、息子の幹くんのファーストキスを奪ってあげた。この幼児体験が、輝かしい未来への布石となるか、暗いトラウマになるかは、私には解らない。でも、いいの。私って、最初の女になるのが大好き。何においてもね。でもなあ、彼も、お年頃になったら、私になんか、はなも引っ掛けてくれなくなるかもね。宮本輝りんの息子たちの例もあるし。

結局、大岡くんの家には、夜中の三時までいて、彼の秘蔵のワインを何本も飲み尽くした。あれ、確か、玲子さんに、お茶一杯いただいたら帰るわね、と言った筈だったのだが。うーん、酔っ払いの時間感覚とは、何故こうも狂ってしまうのか。どうか、おかまいなくね、と言いつつ、取材先で、大岡くんが調達して来た松茸《まつたけ》なんか、ちゃっかり御馳走になっちゃってさ。図々しいよね、ほんと。

しかし、私は、その夜、男たち二人に散々責められていた。彼らいわく、詠美は、男の気持が解っているようで、全然解ってない、とのこと。私は、男の子と関係を始める時、シミュレーションし過ぎるんだそうだ。仕方ないじゃん、物書きなんだから、と不貞腐《ふてくさ》れる私。そんな私に、それではいかん!! と、声を大にする大岡。私って、男友達にいつも、彼らの手の内を明かしてもらってる。これって、得な性格？　いや、彼らが、私をまったく女と見なしていないからであろう。ここに、ひとりでも、可愛娘《かわいこ》ちゃんが加わると、話の流れは全然違う方向に行くのよね。私が、男に対してする気のつかい方は、実は、無用である！　ときっぱりと言い切る大岡。さすが、女性誌で、恋愛に関するエッセイを連載しているだけある。ためになった。彼は、私の色恋の話を聞くたびに、呆《あき》れて溜息をつくのである。良くそんなんで、恋愛特集のインタビューなんか受けたりするよなあ、などと言う。そのたびに、あ、あれ？　あれは別人、と開き直っている私なのだが。いやはや、男二人の御教示、ありがたくいただきました。

で、翌日、冒頭のサエキくんと立川でランデブー、だったのだが、ここでも、しっかりと、御教示をうけたまわり……うえーん、最近、私って、男の子たちに諭《さと》されてばっかいるみたい。でも、男友達と同じ価値観を共有したり、あるいは、自身の価値観を崩されたりするひとときって、楽しいなと思う。しかも、夕暮れの立川だぜ。なんか渋いよね。

サエキくんは、今度、矢沢永吉のトリビュートアルバムに参加するのだという。で、私も、ちょっぴりだけど、ビッチな英語で、協力しているのさ。出来が楽しみである。

私は、日本の音楽は、ほとんど聞かないのだが、捨てたもんじゃないよね。シアタ一ブルックなんて、すごくクールだと思う。しかし。今、凝っているのは、ヒップバップというジャンルだ。ヒップホップ　プラス　ビーバップ。早い話がジャズラップですね。昔、新潮社の小林イタコと、西荻の庄やで、ジャズラップやって追い出されたっけ。最後に、野菜炒めを頼んだら、もう食べ物ないっすよ、帰って下さい、だって。意地悪。

人と会う話ばかり書いているので、私は、とても、行動的な人と思われることがある。いったい、いつ小説書いているんですか、なんて。ふん、人は見かけによらないものよ。シャンペンの日々を支えるのは、やっぱり五ドルの古着ですもの。時には女工哀史な私。ポンちゃんにとって、友だちとの逢瀬は、I've been waiting for opening crystal champagne. という思い。あ、オスカー・ワイルドの作品に「ドリアン・グレイの肖像」ってあったよね。ま、関係ないけど。

旅先で役に立つ英単語シリーズ❶

金色の誘惑

シャンポン

cham·pagne

[ʃæmpéɪn]

爽快な泡立ちと
香り立つ気品。
最高級品を旅先での
ルームサービスで
味わいたいものである。

Amy's English Conversation School®

出会いの秋に舌鼓

昨夜は、久し振りのI．L．A．（しつこいようだが、IZAKAYA LOVERS ASSOCIATION）の集会（たった四人だけど）が、吉祥寺で開かれた。秋。人を詩人に変えるこの季節だが、ふん、おれたちには関係ないね。酒と肴《さかな》に舌鼓。それしかないのさ。開き直って中央線沿線で飲んだくれてるグループを見つけたら、声をかけてちょうだい。御機嫌、御満悦というおやじアイテムを既にものにした私たち、（あ、私の場合、時々、御執心ってのも入るけど）皆さんの声援を心良く受け止めて見せるわ。

居酒屋の後、某ワインバーに立ち寄ったら、翻訳家の小沢瑞穂さんがいた。しかし、私たちも良く飲むけど、小沢さんも飲むよなあ。いつも、お風呂上がりみたいな、つるつるすべすべした感じで飲んでる。あの若々しさって、すごい。日本も、素敵な大人の女が増えて来たよね。よし。私も、大人の酒飲みを目指そう。酔っ払って、道で、踊っている場合ではない。この間なんか、全日空ホテルから、六本木の交差点まで、大声で、歌を歌いながら歩いちゃった。（しかも、連れは、あの井上陽水。ゴージャスなのか、役得なのか、大馬鹿なの

か、良く解らん）

秋は、食べ物がおいしい。だから、お酒もおいしい。唐突だが、ほやって、めちゃくちゃ美味じゃないか？　昨夜も、ほやの塩辛をお替わりしてしまった。それでも、もっと食べたいと思ってしまったくらい。しかし、小さな器で、少しだけ食べるから美味なのであろう。丼《どんぶり》で出て来たら、絶対に、食指は動かない筈《はず》である。おいしいものを、小出しにして、ちょこっといただく。これって、大人っぽいよねー。こらえ性のない私は、それが出来ないの。会いたい会いたい会いたい会いたい。食べたい食べたい食べたいの連続。これって先月も書いてたような気がする。世の中には、欲望に忠実な人間と、そうでない人間がいるが、そうでない人が、私みたいな奴とつき合うと、へビーだろうなあ。物欲が、ほとんどないので、余計に面倒臭いだろう。物買って、はい、落とし前、みたいな区切りがないので、底知れない感じになっちゃう。私は、すぐに消えて失くなっちゃうものに対する欲望がすごい。体に取り込めるものが好きだ。それに命賭けていると言っても過言ではない。丼いっぱいのほやの塩辛ってのが悲しいが。やっぱ、バスキアみたいに何千ドルのキャビアでないと格好はつかない。

そう、ようやく、話は、芸術の秋方面に進展するのだが、新宿の三越美術館で開催されているバスキア展を見て来た。ほっほっほ、やはり、デートは美術館でしょ。正統派の雰囲気をかもし出そうと、ある男の子と東口アルタ前で待ち合わせた私。こういう場所で待ち合わせるって、いいよね。エドガー・アラン・ポーの『盗まれた手紙』状態ってやつ？　絶対にばれない。ばらしたいのに、ばれない恋。これって、ちょこっとだけ出て来るほやの塩辛みたいなもんよね。お酒が進むったらありゃしない。あ、私は、このわたとかも大好き。このわたとほやの塩辛を合わせたものを「ばくらい」と呼ぶそうだが、これも私の大好物。あー、腹へって来た。

ところで、バスキアだが、やはり、なまで見る彼の絵は、すごい迫力。何故、今、彼のブームなのかは知らないが、私が、ストリートのアートに目覚めた八〇年代の前半、彼は、大スターだった。力強くて、それでいて、どこか悲しみの漂う彼の絵が大好きだった。あの頃から、現代のピカソなんて呼ばれていたけれど、もう少し長生きしたら、シャトー・ムートンのラベルを描いていたかもしれない。ワイン、大好きだったみたいだしね。解明されるのを拒否したような彼の作風は、実は、せつないほどに理解されることを望んでいるようで、心をつねられたような気持になる。もしも、生きていたら、私と同い年だ。ドラッグって、ほんと罪だよね。ハイになって、生まれるものなんて、私は、絶対に信じちゃいない。酒に酔って生まれるものもね。例外は、恋ぐらいのものでしょう。ほら、私の恋って、いつも酒のあやまちにつけ込んでるから。

あやまちと言えば、私は、最近、とても素晴しい小説を読んだ。それは、団鬼六の『美少年』（新潮社刊）ってやつ。この中の一編、「不貞の季節」は、私の今年のベスト5に入ると思う。不貞って、いかす言葉だよね。私は、不倫という言葉が大嫌い。倫理にあらずなんて言われると、けって感じになるが、貞淑にあらず、と言われると、いやーん、それ私のこと？　みたいに嬉《うれ》しくなっちゃう。不貞は、そもそも、あやまちから端を発しているが、それをまっとうしてしまえば、快楽の探求。しかも、滅多に存在しない持続性を持った官能へと昇華される。もう、泣きましたよ、私は。この間、某週刊誌の読書日記で、世間で言われている泣ける小説に、私は、どうしても泣くことが出来ないと書いた。その時、自分でも、どうしてなのかな、とふと思ったが、私の涙腺は、この「不貞の季節」のようなものを待ちかまえていたのだ。私が、言うのなど僭越《せんえつ》だと思うが、団鬼六って、すごく文章のうまい人だと思う。地の文の正確さが、いやらしい会話を引き立てる。主人公の男（団氏本人と思うが）が情けなくっていとおしいんだ、これが。他の三編も、良い出来だと思う。人間の営みって滑稽《こっけい》だけど、それなしには生きられないんだなあって、つくづく思った。解っちゃいるけど止められないってやつ？　美化を拒否したところで生まれる醜悪とすれすれの美しさを感じた。こういう本って、子供には読ませたくない。年食った子供には、もっと読ませたくない。でも、年若い大人には、読むのを強要する。そうだ、ボーイフレンドに貸してあげよう。エッチな女と思われちゃうかな。（何を今さら）セックスという行為の許では何でもあり、という団鬼六作品のようなもの、私なんかには、平然と受け止められるけれど、そうではない人も沢山《たくさん》いる。性的なものに目くじらを立てるか、必要以上にあおり立てるか、どちらかだけなんて成熟してないなって思う。そういう人たちの非難って、必ず他者に向かうのよね。自分たちのことって、絶対に省みたりしない。私は、デビュー当時、「恥を知れ」と書かれた手紙をもらったことがある。デビュー作が、異人種の男との恋愛を扱ったものだったからだ。でもさあ。私は、少なくとも、面識のない相手に汚ならしい言葉を綴った手紙を差し出し人の名を書かずに送りつけたりはしない。そのくらいの恥ぐらい知っているつもりだ。恥の感覚って、本当に、人によって違うよね。セックスは、私にとって、少しも恥しいものではない。よって、私が少々不埒《ふらち》な行為に及んでも、これを決して非難してはならない。（うー、やっぱ、力技でここに持って行ってる）

ところで、話は、冒頭のI．L．A．に戻るが、そのメンバーのひとりが、この間、九死に一生を得た。酔って、ひとりで原宿を歩いていたら、いまだ棲息しているチーマーもどきのグループにからまれて、ぼこぼこに殴られ、車に連れ込まれて、芝浦の埠頭《ふとう》に連れて行かれたという。意識を失った彼がふと目を覚ますと、ひとりが、バタフライナイフを出して来たんだそうだ。まじで殺されると思ったんで、全力を尽くして、二、三人殴り倒して、夢中で走って逃げましたよー。次の日、顔が二倍に膨れ上がってました、とは、彼の言葉だが、ひゃー、東京って、そんな恐しい街になってたの？　たかが喧嘩《けんか》が、ここまでエスカレートするなんて、昔は、特別な事件だったんじゃないのか。殺すまではやらなかったよなー。しかも、原宿。そういうのって、新宿、渋谷の専売特許だったような気がする。

私は、今となっては、もう人間丸くなってしまって、喧嘩をすることも巻き込まれることもなくなってしまったが、昔、赤坂、六本木で夜遊びしていた頃、ものすごい喧嘩を何度も見て来た。特に、私の周囲には血の気の多い女の子が多くて、男の取り合いで殴り合いなんて日常茶飯事。殴られてつぶれた女の子の鼻からプラスティックが飛び出たこともある。(殴った方は、平然と、なんだ整形ブスだったんじゃん、とか言い放った) うわっ、暴力はいけません、暴力は。そう言って何度止めに入ったことか。そう、あの頃の喧嘩って、すさまじかったけど、誰かひとりは、必ず止めに入ってた筈。今は、そういうふうにならないみたいで、恐いよね。ま、私と前田日明の喧嘩を止めようとして、眼鏡めちゃくちゃにされた幻冬舎の石原みたいな災難に遭う人間もいたけど。冷静な人間がひとりもいなくなるという状況、これって恐怖だ。うーん、どんな場合でも、私だけは冷静でいたいものだ。便乗して、ぽかっと一発殴る楽しみのためにも、クールでいようと思う。喧嘩は、高見の見物が一番。私は、この先、野次馬の人生を歩む決意を固めたのである。野次馬！　この素敵な響きよ。夕暮れの公園に行くと、ラブラブ状態のカップルがいっぱい。私は、彼らを観察するのが大好きである。誰もが、個別な幸せを甘受しているようでいて、誰もが同じ形態で寄り添っている。このバナルな共通項って、文学の普遍性とかいう奴にも似ていないか。文学なんて高尚でも何でもないのよ。とぎ澄まされたことやってるなんて自負しても、まわり見渡してみ、皆、同じことやっている訳だよ。ただ、作家と違って、それを文字化する必要にせまられていないだけ。性描写をえんえんと続けるのは時間がかかるが、ベッドにもぐり込むのは、こんなもん。（ここで、指をぱちんと鳴らしてね。英語で言うジャスト・ライク・ディスのノリで）私は、オーラルセックスを文学作品に持ち込む嘘《うそ》八百より、初めて、なまこを食った人間の勇気を賞讃したい。（書いてて、良く解らなくなって来ました）

そう言えば、この間、原宿の表参道を歩いていたら、茶髪のお兄さんが追いかけて来て、私の肩を叩《たた》いた。その時の私の格好は、セーターにチェックのミニスカート。ピーコートを羽織って、リュック背負っていた。

「ねえねえ、仕事とかしてるの？」

「いいえ」

「学校は？」

「行ってません」

「あー、やっぱ止めちゃったんだー。ねえ、ちょっと、良い仕事の話あるんだけどさあ、これから、つき合わない？」

……あのねえ。いくら、バッタもんのなんちゃって女子学生みたいな格好してるからってさあ。なめてるんじゃないわよ。その種の「良い仕事」の世界なんて、散々、味わい尽くして来たんだからねっ。しかし、本当のところ、私は、こういう勘違いをされるのが、楽しい。人は見かけによらないってのが好きだ。知的なルックスの作家なんてさあ、けって感じ。作家とステレオタイプの知性の結び付きなんてお呼びじゃないよね。たかが、字だぜ。と、いう私も、この間、インタビュー中の写真を撮るカメラマンの方に、あ、たまには知的に撮って下さーい、今、眼鏡かけますからねー、などと言って失笑を買っていた。知性と眼鏡ってさあ、今時、不良と煙草《たばこ》みたいに笑っちゃう組み合わせだ。もう過去の遺物になりかかっているが、女子高生とルーズソックスとかもそうだよね。私は、予定調和より、意外な展開というのを愛している。安ラベルのワインが、実は、掘り出し物の味を醸造していた、なんて最高。そして、私は、そういう人間関係に出会いたい。

この間、パリのゲイの友人から、大きなパッケージが送られてきた。開けてみると、中には、バッグの中にバッグが、そして、そのバッグの中には、またバッグが。つまり、大中小の三つのバッグが色違いで入っていた。パリのお洒落《しゃれ》なゲイボーイたちの間で、すごいブームだった肩から斜め掛けするメッセンジャーバッグである。嬉しい。うわあ、めちゃめちゃ可愛い！と言いつつも、買う時間のなかった私のために、送ってくれたのだ。うーん、ボーダー柄のTシャツに紺のジャケットを羽織り、このバッグを斜め掛けにしたら、私も、完璧なパリのゲイよね。ジャン・ポール・ゴルチエさまも、目を止めるに決まってるわ。このスタイルで、私は、秋の街を散策して、出会いの喜びに舌鼓を打とうと思う。でも、私を好きになってくれるのって、ゲイの男ばっか。あんたは、女じゃないからねって、いつも言われている。そうなの？　ゲイの友人たちには、色々なことを教えてもらっている。彼らの織細な美意識に、がさつな私は、学ぶところが多い。しかし、彼らのような美しさに関する目《め》利《きき》になるには、まだまだ道は遠い。傷付いた雀《すずめ》を拾って来て、イザベル（通称ザザ）と名を付けて、必死に介抱した彼の話なんか聞くと、笑っちゃうけど、せつない気分になる。（結局、ザザは死んでしまい、彼は、彼女をアンティークのレースのハンカチに包んで、セーヌ川に流した）

話は変わるが、山田家では、年に一度、山田ファミリーの会というのを催す。父の兄姉、つまり私の伯父伯母《おじおば》たちが、順番に幹事を務め、私のいとこたちも含めた山田ファミリーが大集合するのである。一泊二日のファミリー・ユニオンという訳。それが、今年は、小淵沢《こぶちざわ》のリゾートホテルで行なわれたので、私も参加して来た。いやあ、しかし皆さん、老いてますます盛《さか》んというか、何というか。私の大酒飲みは、彼らの血を引いていたのですね。バル皆、健啖家《けんたんか》だし。こってりしたイタリア料理をぺろりとたいらげていたものね。私も、バルバレスコのワインをごくごく。酔っ払った二次会では、絶対にやらないカラオケまで歌ってしまった。おまけに、自分の部屋にいとこを呼び出して、またボルドーのワインを開け……恐るべし！　山田家パワー!!　翌朝、私以外の全員が、ダイニングで、たらふく朝食を食べていたらしいが、ふう、元気である。長老と呼ばれている一番上の伯父など、もう九十に手が届こうとしているのに、翌日も飲んでたものね。私なんて、まだまだ、ひよっことという感じがする。幹事の伯父など、私と同じデイパック肩にかけてるし。彼なんか見ると、年を取若者のデイパックは、単なる若さの象徴に過ぎないが、白髪にカシミアのマフラーの人物のデイパックには、洗練という言葉が良く似合う。うちの一族も、なかなかじゃんと思った親族旅行であった。ま、こう思えるのも、私が、少しは大人になったからであろう。一年に一度の家族意識との出会いも良いものだ。ポンちゃんにとって、新たな認識との出会いは、It's always from fresh freedom. から生まれる。だからと言って、清里《きよさと》で、ファンシーグッズ買うなよって感じ。どこに置くんだ⁉

日本全国麺類食べ歩き❶

●長崎県（九州地方）

長崎 チャンポン

海の幸がギッシリ!!

バテレンの味

ねんごろな贈りもの

近頃、何故だろう、恋の相談を持ちかけられることが多い。しかも、その相談者たちは、若者ではない。皆、中年以上の年齢だ。ひとりの人など、六十歳を過ぎている。彼らから見たら、ポンなんてほんの小娘だと思うのだが、真剣に自分たちの恋を私相手に語る。なんだか、私のまわりって、恋の病がはやっているみたい。何故？　ホワイ？　私のせい？　まさかね。しかし、羨《うらやま》しいよなあ。私の恋って、どこ行っちゃったんだろ。あ、そこにあったか。

彼らの話を聞いていると、恋って本当に身を焦がすものなんだなあと思う。身も心も、まっ黒こげって感じ。彼らの共通語は、せつないという言葉。これを感じるって一種の快楽よね。そして、多分に、ある種の優越感も含まれていると思う。自分に、こんな感情があったのか、と驚きながらも確認する時、人は、自らの恋を特別なものとしていつくしむ。で、自慢なんだか相談なんだか解らないことを私に話し始めたりする訳ね。でも、大人の男たちがせつながってる様子って、めちゃめちゃ可愛い。ある人は、山田病にかかってしまって、と言っていたけれど、私って、病原菌？　大人の恋って、捨てられないものを山程抱えた上でするから、やるせない。あえて何かを諦《あきら》めた上でする恋愛って、どんな人にも詩情を漂わせるものだ。障害がないと、恋愛小説だって成り立たない。ギャップにはまるから恋愛。その中で、人は誰でも主人公になれる。よって、私が、若い男の子とねんごろになっても、決して、これを非難してはならない。（うひゃー、ねんごろって言葉使ったの、生まれて初めて。これって、語源は何？　ねんころって何だっけ？　あんころは？　ちなみにアンゴラはうさぎのことだ。意味ないけど）

ところで、もうじきクリスマス。日本では、すっかり恋の行事として定着している。でも、何だって、恋に行事が必要なんだろ。私は、イベントとしてのクリスマスが好きじゃない。ちなみに、アメリカ人の夫のＣ・Ｄ（仮名）も、クリスマス前には、ものすごく仕事が忙しくなるので、クリスマスなんて失くなれ、とか言っている。キリスト教徒のくせに、罰当たりな奴だ。何故、クリスマスが、ロマンスのキーワードになるのか。街じゅうのイルミネーションのせい？　それとも、キャンドルやツリーなどのアイテムのせいか。お出かけして、クリスマスディナーを食べて、ホテルに泊まるのって、そんなに楽しいかなあ。レストランのクリスマスディナーってさあ、まずくない？　選択の余地ないし。

昔、ちょうど、クリスマスの時に、ホテルにカンヅメになっていたことがある。おりしも、バブル時期。クリスマスは恋人とホテル、というのが大ブームだった頃である。もちろん、辛気臭く原稿書いてたのは私だけ。ＦＡＸを送ろうと階下に向かうエレベーターに乗り込むと、もうそこは、ラブホテルの受け付け状態。上のバーで、はずみを付けて、皆、お部屋になだれ込む訳ですね。夜中、原稿書きながら思った。うーん、ここ以外のすべての部屋でセックスが行なわれているとは、クリスマス、恐るべし。そして、こんなとこで字書いてる私。かーっ、情けない。ひがんでやる！　恋愛小説を書くって、実は、恋愛とは、程遠いことなのね。もしかしたら、私は、甘くロマンティックなクリスマスを過ごしたことがないから、けっと思っているのかもしれない。（ほら、アメリカでは家族行事だから）この間、二十歳の女の子と話していたら、彼女は、こんなことを言った。

「私の彼、仕事だから、クリスマスには一緒に過ごせないんです。だから、クリスマスなんてものは消えちゃった。その代わり、お互いの誕生日を、すごく大切にしてるんです」

そうだよねーっ。キリストの誕生日より、彼氏の誕生日だよね。でも、いずれにせよ、誕生日もクリスマスもプレゼントが付きもの。頭、痛い。特に何年も結婚生活続けてると、夫婦間のクリスマスプレゼントって、何を選んだら良いのか解らなくなる。ほら、夫婦って共有にしちゃうもの多いから。結局、彼にプレゼントした筈《はず》のプローテックの時計を私がしていたりする破目になる。そういや、彼が私にくれたピアスも、いつのまにか、自分でしてる。なんか、徒労感ある。お互いに、何を欲しがってるのか解ってたりするから、どうしてもハプニングに欠ける。前に、男の子に、自分の電話番号をイン・プットしたＧ－ショックをあげたことがあったけど、彼、喜んでくれたかしら。とびきりの笑顔を返してくれたから、きっと、そうに違いない、と思うようにしよう。あまり電話来ないけど。

プレゼント、と言えば、思いがけないプレゼントをもらったような気分になる瞬間がある。

ある昼さがり、幻冬舎の石原から電話がかかって来た。雑音混じり。聞くと、移動中の車の中で携帯電話を使っていると言う。

「今ねえ、ポン助のファンの人と一緒なんで、その方に替わります」

で、電話の声は、聞き覚えのないものに。

「あ、ファンの者です」

「……どちら様ですか？」

「タクシー運転手の○○と言います。私、あなたの大ファンなんですよ。さっき乗車なさったお客さんが、携帯電話で業務連絡しているのを耳にして、おーっ、あの幻冬舎の石原さんかあ、と思って、ほんとに嬉《うれ》しくなっちゃいました。熱血ポンちゃんのシリーズは全部読んでるんで。いやあ、こんなことあるんですねえ。幸せです、今日は」

その後、彼は、私の小説に関する感想を語ってくれたのだが、これが、また深いんだよねえ。あなたの描くセックスは品があって大好きだ、なんて、最高の誉《ほ》め言葉だと思う。タクシードライバーにファンがいるなんて、まさに、私の望んでいたことだ。後で石原に尋ねると、スキンヘッドに髭《ひげ》をたくわえた、格好の良い運転手さんだったと言う。うーん、突然、彼の乗っているであろうタクシーが、ニューヨークのイエローキャブに思えて来る。（私って、自分勝手に世界を塗り変える人）高校生の娘さんも愛読者でいてくれてるそうだが、嬉しい。すごいプレゼントだ。

話は変わるが、この間、この元熱ポン担当の森山と明け方の新宿歌舞伎町探険に行って来た。もちろん、二人共、馳星周さんの『不夜城』のシリーズに感化されていたことはいなめない。しかし、女二人で、明け方、あんなとこうろうろすんなよって感じ。客引きの兄ちゃんに、道なんか聞いちゃってさ。

大学生の頃、私は、同じ新宿のゴールデン街というところでバイトしていた。その当時は、ゴールデン街の方が歌舞伎町よりも余程恐いというイメージがあったので、明大の同級生を誘っても、誰もバイトしている店には来てくれなかった。働いてみると、決して恐い街でも何でもなかったのだが、十八の女の子が選ぶバイトとしては、ちょっと異質だったかもしれない。バイトが終わると、男の子と歌舞伎町のジャズ・バーで待ち合わせた。で、その店に、森山を連れて行ってみたのですね。懐しかった。無理矢理、スライ・アンド・ザ・ファミリー・ストーンなんかかけてもらっちゃってさ。タイム・スリップって感じ。あの男の子、どうしているかなあ、今頃。絶対に、私のこと忘れてないと思うの。だって、私ったら、彼の初めての女だったんですもの。と、まあ、世界をまたもや勝手に塗り変えてた訳で

すね。あんなことも、そんなこともしちゃったんだよ、きゃー。(森山、沈黙、それとも、ただ食ってたか)

で、問題は、そこを出てからだ。朝、五時に、しんとした歌舞伎町をそぞろ歩く酔っ払い女、二人。月曜の早朝だ。人気がない。どんな通行人よりも、たぶん、私たちが、一番、不気味だっただろう。はしゃぎながら、歩きまわっていたら、私たちは、いつのまにか道に迷っていた。

「森山ー、コマ劇場って、どっちだっけか？」

「えー？　山田さん、明治でしょ。歌舞伎町お手のものもんだったんじゃないんですか？」

「あんただって、早稲田でしょうが。コマの噴水の中で溺《おぼ》れてる早大生いっぱい見たよ」

「懐しいですねえ。早明戦の後、明治の人たちだって溺れてましたよー」

「早明戦？　あんた何言ってんの？　あれは明早戦つうんだよ」

「はいはいはい。けっ、明治って、心せまいんだよねー」

と、まあ、散々、愚かな会話を交わした後、森山が言った。

「山田さん、小腹がすきましたねー。回転寿司に入りましょうよ」

「あんたってさあ、いくつ小腹があるわけ？」

と、言いながら、私たちは、目についた寿司屋に入った。森山は、ここは普通の寿司屋だ、私の求めていたのは回る寿司である、というようなことを、ぶつくさ言っていたが、焼きサーモンとろ握りを与えたら、すぐさま大人しくなった。彼女を黙らせるには、食いもんを与えるに限る。

明け方、手酌で日本酒を傾けながら、ちょっと、お兄さん、白身切ってもらえる、などと言ってる粋《いき》でいなせな妙齢（年増とも言う）の美女二人。我ながら、すっげーさまになってんじゃん。なんで歌舞伎町なのか解んないけどさ。まあ、このふてぶてしい態度が癇《かん》に障《さわ》ったのかどうかは知らないが、私たち以外にもうひとりだけいた酔っ払いの男が、からんで来た。無視を決め込んでいた私たちだったが、あまりしつこいので、私は、忠告した。

「お静かに出来ないのでしたら、このような所でお酔いになっていらっしゃらないで、早々に、お引き取りになったらいかが？」

けけっ、この深窓の令嬢のような物言いったら。ま、森山の耳には、次のように聞こえていたようだけど、そりゃ、あんた、空耳ってもんよ。

「てめえ、うるせえから、さっさと帰れよ。こんなとこで、だらだら酔っ払ってんじゃねえんだよ」

と、その瞬間、それまで我慢していたらしい板前さんが切れた。その酔っ払いを外に連れ出し、ぼこぼこに、ぶん殴り始めたのである。うひゃー、寿司屋で暴力沙汰とは⁉　歌舞伎町って、なんか楽しいじゃん。私たちが寿司屋を出て、タクシーに乗り込んでも、まだ板前の兄ちゃんたら、あの酔っ払いを殴ってた。まさか、死んでないでしょうね。きっかけ作っちゃったのって私？　えー？　知らなーい。しかし、だらだら酔っ払ってんじゃねえって……どの口がゆうたって感じ。私たちにだけは言われたかないよね。朝っぱらに寿司食うなよな。仕方ないか。だって、寿司屋が開いてるんですもの。そこに山があるから登るってのと同じことよね。こんなハプニングも一種のプレゼント？　人生って変。

さあ、プレゼントな瞬間も、大詰めを迎えようとしている。じゃーん、実は、私は、かねてより大ファンだった京極夏彦さんと対談したのである。へへへ、しっかり、使い捨てちびカメラを持参して対談に向かう私。私って、結構、作家ミーハーなんだよね。好きな作家に会う時って、自分が同じ職業に就《つ》いているなんて感じ、さっさと捨てちゃう。この間の出版社のパーティでは、馳星周さんに握手してもらっちゃったし、大分前だけど、髙村薫さんを見かけた時も、追いかけちゃったものね。あ、唐突だけど、そのパーティで、村上龍さんとお別れのキスしたのを思い出した。二人並ぶと、すげー濃いと呼ばれている私たち。ゴマ油とオリーブ油、混ぜたみたいに、濃いキスシーンであったことだろう。でも、それは、ミーハーとは少し違う。あの人、兄だから。言っとくけど、お兄ちゃんみたいに思ってるのお、とか抜かしてる小娘とは違うよ。兄だから。（パーティの後、龍さんは石原に電話して、詠美ちゃんって、おっかねー妹と言っていたそうな。おっかねー？　どこが？　こんなに気の弱い心優しいわたくしであるのに←勝手に世界塗り変え、その三）

で、京極さんとの対談だが、それはそれはなごやかな雰囲気の内に終了した。あの人、すごく感じいい。妙だけど。何が妙かって聞かれても困るけれど、なんか妙なキュートさがあると言うか。作品中の登場人物に共通したおかしみがある。フリークな読者が沢山《たくさん》ついてる彼だが、こうやって抜けがけして、直接お会い出来るって役得？　職権乱用？　ほっほっほっ、口惜しかったら、あなたも作家になることですわね。（誰に言ってるんだ？）

思えば、今年は、形にならないような素敵なプレゼントを沢山もらった年だったと思う。特に人間関係。素敵な男の子、女の子。頼もしい大人たち。心からくつろがせてくれる友達。先の石原が、よく山田詠美コレクションという言葉を使うけれど、人と出会う瞬間を、確かに私はコレクトしてる。ま、石原は、主に、私の不届きな習性に対して使っているみたいですけどね。うわっ、人間のコレクターだなんて、私って、ちょっとホラーな奴。でも、私が集めてるのは、人間から抽出した何かですから。

この間、「パリ、18区、夜」という映画をヴィデオで見た。何と言うか……すごく好みだ。フランス映画は、もうパリジャン、パリジェンヌの世界じゃないよね。そんなのおもしろくもなんともない。ゲイの男娼にして殺人鬼の黒人の男を、淡々と描写するように、リトアニアから亡命して来た若い女の視線が追って行く。結局、二人の間に関わりなど何もないのだが、こういう人間関係もありか⁉　と、私などにとっては目からうろこであった。やるせないんだよね、そのゲイの恋人たちが。まるで、ジェイムズ・ボールドウィンの『ジョヴァンニの部屋』を読んだ時のような後味。悲痛さも、またモードの一種にしてしまうって、やっぱりパリよね。あの黒人の子のスーツ、ジャン・ポール・ゴルチエさまだったわ。だって、背中にループ付いてたもん。近頃の私のゴルチエ狂いと来たら、すごい。盛装は、コンバットブーツに、真紅のベルベットよ。その上に、黒のロングコートを羽織って殿方をくらくらさせて見せるわ。（でもさあ、ゴルチエって、あんまり、ストレートの男受けしないみたいなの。エッチじゃないから）ゴルチエのお洋服をプレゼントしてくださる男の方なら、おつき合いしてもやぶさかではなくってよ。（けっ、私って、やな女）

さて、今年は、クリスマスが好きになれるか否か。ポンちゃんにとって、クリスマスプレゼントは、Silent holy calm night plus sweet immorality. だったら最高。森山、不夜城な人生からの脱出、許さなくってよ。

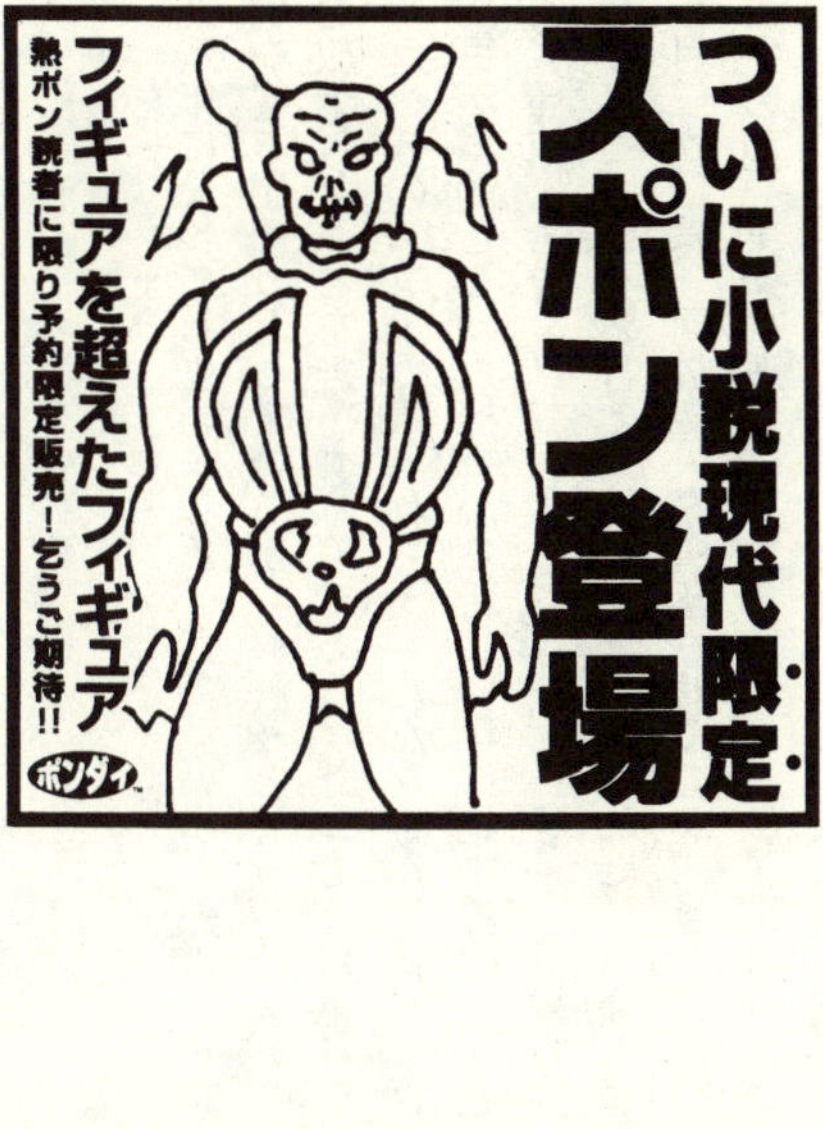

ついに小説現代限定・・
スポン登場
フィギュアを超えたフィギュア
熱ポン読者に限り予約限定販売！乞うご期待!!
ボンダイ™

人生はトランプかワインか

あっと言う間に、一九九八年になってしまいました。さて、いつも熱ポンを読んでくださる方々は、ここで、私が何を書き出そうとしているか、お解りと思う。そう、また目標としていた走る文学者への道を放棄したことを告白するのである。だって、お正月を過ごすために里帰りした際、ニューバランスのスニーカー忘れちゃったんだもん。靴がなきゃ、やっぱ走れないよね。こうして、毎年恒例となった挫折から新しい年は始まるのである。

仕事を開始した友人たちと連絡を取り合い、お正月、何してた？　と尋ねると、皆一様に、死ぬ程、酒飲んでだらけてたというお答え。確か、去年の暮れには、誰もが九八年の抱負を語っていたはず。お正月三ヶ日は、何故、人を堕落させるのか。きっと奮発したボルドーの赤ワインがいけなかったのね。実家に遊びに来た男友達と、テイスティング三昧《ざんまい》していた私。気が付いたら、ただの酔っ払いと化していた私たち。でも、上質なワインって、翌日、ちっとも残らない。で、少しの反省の色もなく、次の日も夕方から、同じことをくり返す私たち。二人共、唇も舌もタンニンで真っ黒の吸血鬼状態であった。

そんな私たちを興味津々で見詰める姪《めい》のかなちゃん。彼女は、ここのところ、ますますプチポンへの道を極めようとしている。ラッパーみたいなファッションに身を包んだ彼女の口癖は、

「エイミー、今夜は、人生について語り合おうよ」

うおー、まだ九歳だぜ。そんなもん語ってどうする。しかし、うっかり承諾をしようものなら、トランプのカードを持ち出して来て、えんえんと、神経衰弱やら、ばば抜きやらにつき合わされる破目になる。で、それを阻止する私の台詞《せりふ》はこうである。

「エイミーねえ、もう人生投げてんだよねー。見てみ、このワインの瓶《びん》」

しかし、彼女は負けない。

「その年齢で投げちゃまずいよー。さ、カード配るからね」

うーん、人生は五十二枚のカード、か。なんか、片岡義男さんの小説みたいだ、などと考えている内に、私は、ばばをもらい負ける。本当に、人生投げちゃうからねっ。

それにしても。私の『晩年の子供』という小説集に、「堤防」という短編があるのだが、その中で、主人公の少女が父親にこう言うのである。

「パパ、人生について語り合おうよ」

不思議だ。かなちゃんに尋ねると、まだ読んでいないと言う。

「それよりエイミー、これ途中まで読んだんだけど、おもしろいから、先に読んでごらん」

と言って渡されたのは、な、なんと、開高健大先生の『冒険者と書斎』。嘘《うそ》だろ、こんなちびが読むか、普通⁉

「始まりの『ペンと肝臓』ってとこにさあ、イギリス人は、コニャックを石鹸《せっけん》臭いと言うってあるけどさあ、本当なの？」

知らん、そんなこと。しかし、勧められるままに読んでみると、素敵な本だ。マティーニをナイフの刃のように研ぎ澄まして（正確じゃないかも）なんてフレーズを読むと、もう飲まなくなってしまったジンへの思いが、蘇《よみがえ》る。タンカレイで作った涼しい味のジン・トニックにライムを絞って、夕暮れを始めていた時期があったわね。ふっ、私も若かったものだわ。そうして、バーカウンターで、男を待ったのよね。すると、少し遅れてやって来た男は、私の背後に立ち、静かに言葉をかけてくれるの。

「ポン助、原稿終わったんだろうね」

ちっ、幻冬舎の石原かよ、うざいったら。そう言えば、前に、彼と格式高い某ホテルのバーで待ち合わせた時のことだ。私は、前の取材が長びいて三十分程遅れてしまったのだが、バーで彼の姿を捜すと、いたいた。カウンターに座わって、老紳士と何やら親しげに話し込んでいる。私が近付いて行くと、老紳士が振り返って言った。

「こんなに男を待たせる女とは、すみやかに別れてしまいなさい、と忠告していたところだ」

「あー、すいません。私の男じゃないもんで」

「なお悪い」

「ごめんなさい」

……。何で、私が、このじいさんに謝まるの？　と思いつつ、二人の間に割り込む形でスツールに腰を降ろした私。やっと、キールにありつけると思ったのもつかの間、そのじいさん、もとい、老紳士は言った。

「今ね、彼に説教していたところだよ。私たちは、若い頃に、このバーカウンターの常連になりたくて、夕方、スーツに身を包んで、ここに来た。それをもう何十年も続けて、ようやくこの席を獲得したんだ。それなのに、何と言うことかね。今日、来たら、この若造が、この席に、しかも、こんな格好で座わっている。バーにも酒にも、あまりにも失礼ではないか。そう思わんかね」

見ると、石原の格好は、チノパンに、ダンガリーシャツ。一応、ジャケットは羽織っているものの、確かにかなりの軽装である。

「あっはっは。だから、イッシー言ったじゃん。洋服と場所って大切なんだよ」

と、私が言った途端、老紳士は言った。

「だよ？　口のきき方に気を付けなさい。女性が、なんだよ、なんていう言葉を使っちゃいかん」

「……なんですよ」

「結構」

ふと気付いて見ると、なるほど、カウンターは、皆、スーツ姿の年配の男性ばかり。しかも、皆、顔見知り。私と目が合った別のじいさん、もとい老紳士など、片手を上げて会釈するではないか。あれー？　私たちって、つたない若造にしては、仲間に入れてもらえてる？その証拠に、私たちは、老紳士に何杯もの酒を御馳走され、しかも、それがスコッチだったために、ウイスキーを飲み慣れない私は、ふらふらのくるくるパー状態で、ようやく、解放された。ウイスキー飲めないんですと伝える私に、その老紳士は言った。

「上質のスコッチの味を知っていてこそ、上質の女になれるのだよ」

本当かよー。おれ様は、ブランデーを石鹼臭いとか言ってるイギリス人じゃないんだぞー。でも、私は、こうして年配の男性に諭されるのが、決して嫌いじゃない。時に、私の小説は、説教臭いなんて言われちゃうこともあるけど、そんなこと言ってるへぼいインテリには、強引な男が、時に性的であることに、永遠に気付かないであろう。（ちなみに、私は、強引な女。男を押し倒すのが、ライフワークよ）

私は、ある種のバーに漂うルールめいたものが好きだ。気軽に飲めるカジュアルな場所も捨てがたいが、酔うためにあるのではなく、酒を味わうためにあるような場所って、ドラマティックだと思う。（うるせえ主人が講釈ばっか付けてる店は別だよ）そういう場所は、必ずバーテンダーの背筋が伸びていて、カクテルを置く仕草など、芸術点を付けたくなる程だ。日頃、だらけた酒飲みの私でも、そこでは、きちんと、TPOを守る。ところで、TPOって日本語だって本当？　石津謙介氏が作ったって話だけど、良い言葉だよね。あれ以来、石原は、件《くだん》のバーでの待ち合わせには、スーツを着て来るようになった。人生を教えるのは、五十二枚のカード……ではなく、バーの片隅にいる説教じいさん、である。

話は、実家の正月休みに戻るが、私の男友達に関して、かなちゃんが言った。

「エイミーって、いつも、男の人のこと、男の子って言うよね。でも、その人たちって、かなにとっては、皆、男の人なんだよね」

うーん、きみの前には道がある。しかし、きみの後ろに、まだ道はない。高村光太郎は、このことを知っていただろうか。世の中の男が、ほとんど年上ってどんな気分なのかな。もう忘れちゃった。年を取る良さって、周囲に年下の男の子たちが増えることよねー。（どうして、私って、こんなにも、やみくもにポジティヴ？）こんなことばっか言ってる伯母《おば》を持った女の子って、どういう大人になるのだろう。私と彼女の会話は、まさに大人同士（ま、普通じゃないけど）のそれである。男の子（彼女にとっては男の人）の話、食べ物の話、お酒の話、音楽の話、それらをすべて含めたライフスタイルに関する考察など、話は尽きない。意見の一致をみると、手の平を叩き合って、オーライ・ガール！　なんて言うのも楽しい。彼女の精神年齢が高いのか、それとも、私のそれが低いのか。合わないのは、ポケモンのピカチュウがどうしたこうしたの話だけ。今は、迷彩柄のパンツをはいて、マウンテンバイクを乗り回してる彼女だけど、その内、良い男（の子でも、の人でも）に巡り会ってくれるといいなあと思う。帰り際、こんなことを言ってくれたっけ。

「やっぱ、エイミーの男の子って良いよね、最高じゃん」

だろー!? なんて、いかん、私は、人妻でしたわね。えー？ 本当に、そうだったたっけ？ いーの、いーの、物書きですもの、何でもありよ。（でも、私のまわりって、物書きでなくても何でもありなんだよね。類は友をもって集まり過ぎてるざんす）

ところで、話は、再びバーのTPOに戻る。いつも待ち合わせに使う六本木のバーがある。ある日、新潮社の小林イタコと夕方待ち合わせたのだが、ぐっすん、そこは、とんでもないバーに変身していた。おいしいカクテルを出すスタイリッシュなバーだったのに。店に入った時に、埃《ほこり》っぽい嫌な雰囲気が漂っていたので、その異様さにピンと来た。客は、私たちだけ。しかし、開店時刻は、とうに過ぎている。それなのに、トイレの便座は上げっぱなしで、しかも汚れている。ペーパータオルもなく、洗面台も濡れている。まあ、時間がなくて仕方がなかったのかもしれない。しかし、許せないのは、ウエイターの兄ちゃん、きみだ。傷み切った茶髪のロン毛、しかも、白いシャツの胸元を真ん中まで開けて、金のチェーン。おまけに、キールも知らない、カシスも知らない。小林なんて、他の物頼んだのに、無理矢理、チンザノなんか飲まされちゃってさ。いったい、何なの？ そりゃあ、私も、髪の長い兄ちゃんは好きだ。しかし、その格好と茶髪で、ウエイターやりたいなら、その種の店に行って欲しい。このバーの系列の店が、飯倉にもあるのだが、そこのボウタイをきりりと締めて背筋を伸ばして仕事をしているバーテンダーを何故、見習おうとしないのか。それよりも、何故、そういう格好で働くことを店側が許すのか。つまり、そういう客層に変えたい訳ね。それにしちゃ、カクテルのお値段は高いけど。私は、プロフェッショナルのサービス業の人を、とても尊敬している。だから、余計に、だらけてる奴見ると腹立つんだよね。友達でもないのに、ため口きかないで欲しいな。麻布警察の裏にあるあのバーのきみのことよ。うー、日本全国のバー・ミシュランでも始めようかしら。ま、田中康夫ちゃんみたいに、まめじゃないから無理でしょうけど。「今どきまっとうなカクテル・バー」とか言っちゃってさ。もっとも、老紳士に説教されてるようじゃ道は遠いかもしれない。でもさあ、あのセンター街の兄ちゃんみたいなウエイターは、多分、一生、あの老紳士のような人物の存在を知ることはないんでしょうね。私のようなお姉さんとつき合えば、手取り足取り教えてあげるのにさ、ふん。もちろん、上げ足も取りますけどね。（いかん、ちょいと、おやじ入っちゃった）

私は、バーテンダーとか、ソムリエとか、お飲物関係の男の子（人でも良いけど）が大好きだ。綺麗《きれい》にソムリエナイフなんか使っている手を見ていると、ぞくぞくする。コルクを鼻先に持って行って香りを嗅《か》いでいる様子なんか見ると、わーん、それに間接キスしちゃうもーん、ちゅっ、の気分だ。私は、ワインが大好きだけれど、全然詳しくない。どうするべきか、さて。あ、個人的に専属ソムリエをやとえば良いのよね。私って、あったまいい!! え? 作家の大岡玲? 駄目駄目、ちょっととうが立ち過ぎてるもの。絶対、年齢制限が必要よね。ついでに、専属ギャルソンも欲しいってところ。この誌面を使って大募集しちゃおうかしら。と、ここで思い出した。その昔、初期の熱ポンを連載していた雑誌で、山田詠美の書生さん大募集をした際、一通の応募もなかったことを。けっ、別にいいけどさ。わが家には、掃きそうじする庭も落葉もないんだからね。書生と掃きそうじって、短絡的かつステレオタイプのイメージかもしれないけどいいの。さつま芋《いも》の大嫌いな私だけど、あえて焼き芋でも、焼いてもらって、落とし前をつけてやるんだから。そう言えば、時々、詠美さんの鞄《かばん》持ちにやとってくれという手紙をくれる男の子がいるけど、それは駄目。私は、ジムで鍛えてるから力持ちだし、だいたい、鞄持ちなんて全然セクシーじゃない。おい、青年よ、山田詠美の鞄持ちなんていうせこい夢を抱いてないで、もっと大志を抱きたまえよ。どうせなら、鞄と一緒に詠美さん本体も運びますくらいのこと言えないのか。その条件を飲んでくれるのなら、再度検討しても、やぶさかではなくってよ。(想像したら笑えて来た。あーれーとかいう叫び声が似合いそう)

それにしても、ここまで書いて来て思う。私って、どうしてこうも、やみくもにポジティヴに暴走しているのか。へへっ、今年も、この調子で、ぶっちぎり(死語)だぜ、ベイビー

(これも日本語では死語)。でもいいの。私は、これからもっと自分勝手な人生を歩むことに決めたんですもの。……これ読んで、殺意を覚える編集者が多数存在することは想像に難《かた》くない……のだが、まっ、いっか。あ、まっ、いっかで思い出したが、私は、今月中に、なんとあの『平成よっぱらい研究所』の二ノ宮所長と対談するのである。もちろん、昭島支部長の地位を確立するつもり。もりへーならぬ森山(この熱ポン元担当)を連れて、精進に励むつもりである。だーって、昨日の私は私じゃなくて、あれは、ただの酔っ払いなんだもーん。え? この赤ワイン? これは赤ワインという名のぶどうジュースよ。と、まあ楽しみなことである。あの団鬼六氏との対談もせまっているし。知り合いの男の子が、縛られないでねーだって? 大丈夫。縛られたってぶっちぎって(死語ではない)やるわ。ポンちゃんにとって、九八年は、"It's gonna be such a talkable life." になりそう。ピエール(専属ソムリエ)、ワインをついで。

㊙超初級韓国語講座

日本＝イルポン

일본

©1998 T.J.D.

山田ハングル専門学院

おしゃべりな贅沢月間

十二年に一度の幸運期と言われた水瓶《みずがめ》座のラッキーイヤーも二月で終わりを迎えると言う。次は、魚《うお》座の人たちが良い目を見るらしい。早速、魚座の男性編集者が電話をして来て、こういう。

「いやー、いよいよ、ぼくの出番ですかね」

「ふふん、そうかしら」

「何でですか？　水瓶座の次は魚座じゃないっすか」

「でもさあ、あんた、よーく思い出してみ。十二年前、何か良いことあった？　胸を張って語れるような素晴しい出来事に遭遇した？」

「……いえ……」

ふふふ。人のやる気をくじくのって、ちょっぴり楽しい。しかし、ホロスコープって本当に当たるのかね。私は、都合の良いことしか信じてないけど。この一年、私にとっては、色々な人々と出会えた素敵な年だったけれど、同じ水瓶座の新潮社の小林イタコなんかは、ちっとも良いことなかったー、詠美に全部吸い取られたーとか、ぶつくさ言っているし。ま、私が幸せと思っていることなんて、他人から見たら、ちっぽけなものかもしれないけれど、幸福って、きわめて個人的な楽しみから端を発しているものよね。あ、そう言えば、小林の髪の毛は、今や茶髪を通り越して金髪。ベリーショートなので、ほとんど「GTO」の鬼塚状態。(漫画を読まない人にはごめんなさいだが、「GTO」は、グレイト・ティーチャー・オニヅカの略で、昔、超不良だったあんちゃんが、ぶっとんだ先生になって活躍するというストーリーです)鬼塚くんと小林の共通点を見つけて喜ぶのも、私にとっては、小さな幸せ。ま、小林には異論もあるでしょうけど。

個人的な小さな幸せとか、小さな贅沢《ぜいたく》って良いよね。私って、ちょっぴり傲慢《ごうまん》な小市民への道を近頃まっしぐら。怠け者の午後には、ワインと本と音楽が必需品である。ｄｊｈｏｎｄａくん(勝手にくん付けしてるけど面識なし)のCDなんか聴きながら、団鬼六さまの『花と蛇』なんか読んじゃってさ。冷えたムルソーを啜《すす》りながら、おつまみは、水牛のモッツァレラの和風仕立てよ。(バジルの代わりに紫蘇《しそ》を山盛刻んで、山葵《わさび》醬油で食すざんす)この和洋折衷の訳の解らなさが、ポンのささやかな贅沢である。男の子と長電話なんてのも良いよね。向こうとこっちでワインを開けて、電話越しの酒盛りなんて最高。イベントの必要のない心許せる男の子との会話は、話題に事欠かない。ほら、どこかに食事しに行かなきゃ、とか、映画でも観なきゃ、とか、行動の必要な相手っているじゃない? もしくは、セックスしなきゃ、とかさ。私は、そんなことの必要ない、会話自体を最高のレクリエイションに出来る人が好きだ。ま、恋心も含めて、ということだと、滅多にいないけどね。この間、知り合いの若い女の子たちと話していて思ったのだが、会話の下手な子って多いよね。現象についてしか話さない。それに関する考察がないから、話が、広がりもしないし深くもならない。ひとりの映画監督の話から、十の作品の話題と百の作品論について語ることだって、本当は可能なのに。ブランドについて話しているから、こちらが、グッチのトム・フォードってさ、とか話し始めると、それ誰？　だって。彼女たちには、欲しい欲しくないという意見しかないのだ。ちぇーっ、そんなのつまんないじゃないか。プラダを誰におねだりしてゲットするかについて話すより、アレキサンダー・マックイーンは何故にあそこまで太ったかについて憶測する方が絶対に楽しいと思うけどな。ゴシップも、まじに受け止めなければ偉大なエンターテインメント。会話の重要な糸口である。

「ブラピって良いよねーっ」

「どこが？」

「だって格好良いじゃん」

「…………」

で、終わるやりとりしてる人たちって、どのようにデートするのだろう。そういう女で良しとしている男って、どういう種類の人間？　あ、そうそう、時々、編集者でもいる。呼び出しといて何も喋《しゃべ》んない奴。そういう人って、だいたい、顔合わせということで、なんて言ってごまかす。顔だけ合わせてどうするの？　私たち、言葉を扱う仕事してるんだよ。で、間の持たない私は、あらゆる共通の話題を見つけ出して話をしようと努力する。それなのに、帰り際に言われたりするのである。

「山田さんて話好きなんですね」

この瞬間の脱力感と言ったら。徒労ってやつですか？　この際なので、はっきり言わせてもらおう。私は、無口な編集者が嫌いだ。もちろん、相手のリアクションを考えないつまらない話を続ける人も嫌だが、人にばかり話題を見つけさせて平然としている人って何考えてるんだろうと思う。決して饒舌《じょうぜつ》でなくて良いのだ。自分の意見をはっきり口に出すことには責任が伴う。そういう責任感を携えた人って、セクシーだと思うけどな。男女の別に拘《かか》わらず。ルックスが良いのに、もてないあなた。胸に手を当てて、よーく考えてごらんなさい。何なら、私が手を当ててあげよう。そして、胸の内を引き摺り出して御意見を読み上げて差し上げよう。うーん、いつのまにかホラー。そこまですることもないか。

もちろん、世の中には緊張性の人もいる。私だってかなりのものだ。初対面の人には、必ず人見知りしちゃう。でも、誰だって、多かれ少なかれそうだと思う。そういう時には、緊張しています、と口に出してしまうのが得策である。好きな男の子に会う時、私は、必ず、こう告白する。どきどきして、どうして良いのか解らないよ。その時の男の子のリアクションで、彼の魅力がどのくらいかが解る。告白は恋の醍醐味《だいごみ》。コンフェッションの数は、関係の親密度に比例する。だから、だから、誰か、私に告白させてくれ。と言っても、教会のブースの中とかじゃなくてよ。腕の中とか、お布団の中とか、そういうのが良いの。コートの中ってのも素敵。でも、スカートの中はお断わりよ。「ブリキの太鼓」じゃないんですからね。

ところで、一月は対談月間であった。あの団鬼六大先生（先生と呼ぶよりセンセって方がお似合いかも）に続き、『平成よっぱらい研究所』の二ノ宮知子さん（やはり二ノ宮所長と呼ぶべきでしょう）、赤坂泰彦くん（同い年だから赤坂くんと呼ばせてもらおう）のラジオ番組にまで出演しちゃったんだからね。私って社交的？　いいえ、初対面の人とお話するのは大の苦手だ。しかし、その緊張感を克服してこそ、お会いしたかった方々と直にお話出来るのである。役得を甘受していい気になってると思われるかもしれないけど、対談って結構大変なんだよ。

時々、知り合いに言われる。エイミーはいいよねー、仕事にかこつけて色々な人に会えちゃってさ、なんて。私も、そう思わないでもない。しかし、ただのお喋りと対談は違う。不特定多数の人々を常に意識せざるを得ない会話って、ただ流れていては駄目なのだ。ポイントをいかにピックアップするかが、重要課題なのだが、私には、まだまだ無理である。本当のところ、私は、対談の始まる時、いつも気遅れしている。しかし、そのための特効薬ってのがひとつだけあるんですね。それは、自分をたいした奴ではないと思うこと。まるで目に見えないお薬を飲むように、心の中に入れるのだ。するとこう思えて来る。うわ、私ったら一人前にあがってる、そんなたまでもないのに。そう、それは、そのまま自意識過剰の防ぎ方でもあるんですね。誰にも期待されていないと気付く瞬間って、身軽になると同時に、何か新しいパワーが湧いて来る。

と、いうようなことを思いながら、雪の日、止まってしまいそうな青梅《おうめ》線に乗り、団鬼六さまに会うため対談場所の幻冬舎に。うちの方って、大雪が降ると、まるで映画「ファーゴ」の世界なのだが、東京は真冬のニューヨークみたいだ。都会の雪景色に、全身ジャン・ポール・ゴルチエさまのポン。きゃー、誰にも期待されていない私だけれど、真っ赤なベルベットの上に羽織った黒のロングコート、おまけに緑の革手袋と来たら、アフリカの大地の配色、ソウルカラーよ。誰かが、クリスマスツリーみたいと言っていたけど、ううん、気にしない。団鬼六仕様の赤い長襦袢《ながじゅばん》って訳には行かなかったけど、黒のブーツで、Sの女王様を演じてさし上げるわ。ほーっほっほっほ。

ふう。しかしながら、そのような思惑は不要であった。いつのまにか、ワインバーと化した対談場所で、話の盛り上がったこと。嘘《うそ》のない、てらいのない会話の出来る男性と出会えるって本当に幸せ。団鬼六と山田詠美の組み合わせって、なんか、こわもてのイメージがあるらしく、スタッフの人々は、かなり緊張していたみたいだけれど、対談自体は初めからリラックスした楽しいものになったと思う。こう言っちゃ何だけど、可愛いんだよね、あのおっちゃん。ま、あちらも終了後、担当編集者と雪見酒をしながら、私のことを、ただのねえちゃんやなーとか、おっしゃってたそうだけど。それはともかく、『花と蛇』って、一大冒険小説だよねーっ。凌辱《りょうじょく》される女主人公は、そんな時でも敬語。な、なんてことなさるの、だって⁉ おいおい、そんなこと言ってる場合じゃないだろーとつっ込みを入れている内に、あの長い物語が、あっと言う間に読み通せちゃう。ちなみに、自伝とも言える『蛇のみちは』もお勧めである。文章上手いよね。絶対に純文学をお書きになるべきだと思う。ちゃちな官能小説なんかふっとんじゃうに違いない。私も、ふっとばされないようにがんばろうっと。お上品と品格の違いを考えさせられた忘れがたい夜だった。私たちのパワーにあたったのか、担当者は夕食の生牡蠣《なまがき》を食った後、げろ吐いたみたいだけど。そんなの気にしない。

げろと言えば、この間、男の子とデートをしたのだが、久し振りに会った彼は、私の顔を見た途端、気分が悪くなり、げろを吐いた。そんなのってあり？ すきっ腹に酒を入れたせいだと言い訳していたが、ひどいじゃないか。しかし、そういう場合、吐けないのなら指突っ込んであげようか、なんて、親切心を出してしまう私。色っぽくないよね。肝心な時に、いつも体育会系の本質をさらけ出して、ロマンティックなひとときを失う悲しい習性があるのはいなめない。根っからのねえちゃん体質？ ううん、そんなの信じない。私にだって、な、何をなさるの、と言う瞬間が……うーん……好きな男の子に言ってみたいけど、吹き出されて、ますますロマンスから遠ざかりそう。団センセは、上流の御婦人に、お出しになってと言われて感動なさったそうだが、私が言ったらカツアゲと勘違いされて、お金を出されそうだ。

まあ、それはさておき、団鬼六さまとの対談の興奮も冷めやらぬ内に、今度は、『平成よっぱらい研究所』の二ノ宮所長との対決の日を迎えた。もりへーならぬ、この熱ポンのかつての担当者、森山も援軍として同行した。待ち合わせの時に胃薬を飲む私に、森山が言った。

「山田さん、気合い入ってますねえ」

「違う違う。この対談の後、男の子と飲む予定あるから、それに備えてるんだよお」

「本当ですか？　それ、私もお邪魔しますからね。行っても良いですか？」

「……。一応デートなんだから、さっさと帰ってよね」

「当り前じゃないですか。十杯ぐらい飲んだら、すぐに失礼しますって」

対談は……対談は……。ほとんど素面《しらふ》の私と所長を置いてけぼりにして、スタッフの方が、超よっぱらい状態に突入。もちろん、森山も暴走していた。沖縄民謡に合わせて、歌うわ踊るわのすごい盛り上がり。後で尋ねると、担当編集者も森山も、そのあたりからの記憶はないと言う。対談している内に、置いて行かれるなんて、ホームで読書に熱中している間に、せっかく指定席を確保した新幹線に発車されてしまった時みたい。待ってくれーって感じである。しかし、肝心の対談は、きちんとこなして、私も気分が良かった。二ノ宮所長は、漫画のイメージよりも、シャイできちんとしたお嬢さん。彼女の担当者が福生《ふっさ》出身ということもあり、私は、すかさず多摩支部開設の約束を取り付けた。既に、私の座右の銘となりつつある、あの「まっいっか」を御本人の口から聞ける日も遠くはないであろう。えっ？　その後の森山？　しっかりデートの邪魔をしてくれましたよ。十杯どころか、私のホテルの部屋まで上がって来て、鴫うどんなんか頼んじゃってさ。床に胡坐《あぐら》かいて、トイレのコップで、とっておきのドン・ペリニョンごくごく飲んで帰りましたよ。ホテルのバーで待ち合わせた男の子は、終始唖然《あぜん》。彼いわく、

「おれ、バーに相応《ふさわ》しい態度で、普通に飲んでたのに、二人がやって来た途端、抵抗する間もなく別のステージに押し込まれたって感じ」

ふふん、荒波ってやつがたまにやって来るから人生はおつなのよ、ぼうや。不慮の幸福と思って受け入れるべきね。しかしなあ、私っていくつ？　いったい、いつまで、やんちゃやってりゃ気がすむんだろう。きっと、永遠に気がすまないのね。もうこうなったら、一生、悪がきでいることを宣言するわ。ついでに、森山のぶんも、勝手に宣言してあげる。ぱっと見、えのき茸《だけ》のようなルックスのあなただけど、実は、エリンギのようにたくましいのを、私は、ようく知っているんですもの。あ、エリンギのソテーって、おいしくない？　うちで

は、良くポルチーニの代わりに使う。にんにくとバジルで味付けて、パスタとあえるのだが、なかなかいける。

さて、それから数日後、今度は、お酒抜きの久々のラジオ出演。私は、時間を合わせるのが面倒臭いので、ラジオやTVの出演は、ほとんど断わっているのだが、赤坂泰彦くんと、ということであれば話は別。私は、前にFMラジオでやっていた彼の「ミリオンナイツ」という番組の大ファンだったのだ。私なんかの世代にとっては、懐かしさを感じる素敵なスタイルを持ったDJって感じ。テレビに出ている彼しか知らないってもったいないと思う。握手してもらって嬉《うれ》しかった。

あ、対談やらデートやらにうつつを抜かしていて小説書いてないなあ、ここんとこ。でも、素敵な人々と素敵な会話を交わす時間は、ポンちゃんにとって、Giving me inspiring opportunity for story. だからと言って、トイレのコップでシャンペンを。な、何をなさるの⁉

中辛
インド風味
カレーポン
(パン)
©1998 T.J.D.
山田製粉
1ヶ60円

言葉の散歩は至福をめざす

年若い男友達が興奮した声で電話をかけて来た。衝撃を受けて立ち直れないと言う。早速、何が起ったのかを尋ねるポン。

「同じ仕事場の人がさあ、よれよれに疲れた感じで出勤して来てさあ。昨夜、飲み屋の女の子を口説き落してやっちゃったらしいんだよね」

「なんだ、良くあることじゃん?」

「違うんだよ。それで、そいつがさあ、やっぱ、こういうのって良くないよね、行きずりなんてさって言ったら、もうひとりのおれのすげえ嫌いな奴が、にやにやしながら聞き返したんだよ」

「へえ、なんて?」

「えー、〇〇くん、昨夜《ゆうべ》、ニャンニャンしちゃったんだ、だってよー!!」

「きゃー」

ニャンニャン……。うわー、そりゃ衝撃だ。聞くと、それを口にした人は、まだ三十四、五だと言う。何ということだ。その言葉が、周囲の不快指数を一気にアップさせてしまうというのに気が付かないのか!? こういう時に私は思う。言葉のおやじ度って、年齢と関係ないよなーって。おやじエリアは、いつだって健在なのである。

「そいつ、おれが口ごたえすると、こう文句言うんだぜ。まったく、もう、ああ言えばジョーユーなんだから、だってよー」

「きゃー」

読む人によっては、私と彼の会話は取るに足りないくだらないものかもしれない。しかし、私たちにとっては重要なのである。散々、その種の言葉を使う人種を罵倒《ばとう》した後、私たちは電話を切ったのであるが、結論はこうである。世の中には、私たちの決して踏み入れない言葉の領域が永遠に存在する。ひゃー、こえーよ、こえーよ。

雑誌「Ｈａｎａｋｏ」で、松野大介くんという人の連載している大好きなコラムがあるのだが、しばらく前の彼の近況報告の欄が笑えた。彼いわく「おやじ系週刊誌によく出て来る『すわっ』て、いったい何?」。実は、私も昔から気になっていたのだ。やばいという意味あいで使っているみたいだけど、本当、あれって、何? どういう人たちが使っているの? 用法→すわっ一大事。うーん、考えても考えても解らない。しかたがないので、小学館の『現代国語例解辞典』を引いてみました。

〔すわ〕『感動』　突然の出来事に驚いたり、それを他人に告げたりするときに発する語。それっ、さあ。▼強めて「すわや」とも言う。

そうか、感動しているのか……。しかし、私の周囲に、この言葉を使う人はいない。では、誰が？　うーん、ま、深く考えないようにしよう。松野くん、納得していただけましたか？（する訳ないよね）

私の家には、ありとあらゆる雑誌が送られて来る。時間のあり余った半分隠居の物書きのポンは、ほとんど全部に目を通しているのだが……こ、これが、理解に苦しむ言葉の宝庫なんですね。読んで驚くと同時に、そうか、これが自然に受け入れられる人たちもいるんだなあ、と妙に感心したりする。片仮名の使い方なんか、不快指数を飛び越えて、あっぱれって感じ。たとえば。

「セックスのオーガズムを俗に、いくと表現しますが、何故、おやじ系は、片仮名で、イクと表記するのでしょう？」

ねえ、どうして？　もうじきオーガズムを迎える時、イ、キ、そ、うと書いてあるけど、何故イ、キが片仮名で、そ、う、が平仮名なのであるか。ちなみに「イキ」は、出版業界では、ゲラの部分を直さずそのままの意味である。ま、やくたいもないこと言ってる訳だけど。あ、女性の書くエッセイを読んでても疑問に思うことがひとつある。それは、彼女たちの友人が、御本人をこう呼ぶことである。

「アータ」

本当？　あんたじゃなくて、アータ？　私の周囲には、友人をこう呼ぶ女の人はひとりもいない。うーん、ここにもまた私の知り得ぬ世界が。だいたいユーモラスに揶揄《やゆ》する場合に使うみたいなんだけど。用法↓かずりーん（©新潮社）、GTOの鬼塚みたいな金髪はおよしなさいよ、アータもいい年なんだから。……やはり、私にはしっくり来ないな。使いなれないせいかしら。男に使ってみるのはどうだ。アータ、ごはんよ、なんて。しかし、私の親しい男の子たちに、大笑いされることは確実である。私って、男言葉なんだよねー、ほとんど。私の言葉づかいを嫌いな人も沢山いることだろう。私が許せない言葉を使う人がいるように。しかし、世界って重なってないよね。類は類をもって状態は続く。私は、ニャンニャンと口にする人と永遠に関わり合うことはないであろう。でも、ワンワンと言う子は好きだ。チューチューは、ねずみの場合だけ許す。ケロケロは、かえる。おいしいよね、ソテー。

そう言えば、ある女性のエッセイを読んでいた時、ピカイチという言葉が出て来たのにも驚いた。ピカイチ!!　一番、光ってるの意である。昔、光くんという名前の子は、ピカちゃんなんて呼ばれていた筈《はず》だ。（私が知らないだけで、今もそうなのかもしれないが）何年か前になるが、音楽業界の友人がこぼしていたことがある。

「上の連中って、本当、どん臭くてさあ。今でも、ボードに『シーメ』とか書いて出掛けてくんだぜえ。新人のデモテープ聴いて、このパンチある歌声は、このところじゃピカイチだね、とか言われちゃうと、おれのいる世界って、ものすごくだせえんじゃないかと思う」

彼には悪いが、大笑いした。ピカイチにパンチある歌を聴きながらシーメを食うなんて……いいじゃん。キュートじゃないか。しかしながら、そう話す人は、絶対に自分の男にしたくないよね。吹き出しちゃって、心ならずもバースコントロール出来るって感じ。駄洒落《だじゃれ》も同様である。今でも、駄洒落使う人ってどういうつもりなんだろう。沢山いる。笑えるの？　あれ？　そういう人って、こっちが、さり気なく無視すると追い打ちをかける。何故？　CM見てると、新製品のネーミングで、時々、駄洒落としか思えない代物が登場することがあるが、その度に思う。どういう種類の人たちが買うの？　これ。

ところで、話は変わるが、今の時点では、週刊誌は、まだ終わったばかりの長野オリンピックの特集記事で、にぎやかである。私は、まったく関心を持たなかったのだが、どうやら、私のようなやつは少数派だったらしい。知り合いの男の子が、テレビも見ていなかった私のために、電話でえんえんと競技について解説してくれた時のことである。

「でさあ、おれ、彼女が表彰台に上がった時、ついに、こらえ切れなくて泣いちゃったんだよねえ」

「え？　泣くなよ」

「泣くよー、絶対。泣かない奴いないよー」

「そういうもんですか」

「エイミーさあ、そういうの良くないんじゃないの？　その投げやりな態度」

「だって、冬のスポーツって得意じゃないし」

「じゃ何だよ。夏のスポーツは得意だっての？　そうじゃないだろ？　皆、四年に一度のためにがんばって来たんだぜ。その努力に対して、どうして感動しないんだよ」

「私の書き下しは四年以上かかる」

「もう口ききたくねえよ!!　この非国民!!」


非国民!!　私よりも十いくつだか年下の若造にこう呼ばれるとは!?　そうかあ。オリンピック見ていないと非国民なのか。そういや、昔、デビュー直後に、非国民と言われたことあったっけ。人種の違う男との恋愛話を小説にしたためだが、今となっては懐しい。十三年ぶりにその言葉、いただきました。などと言いながら、げらげら笑っていたら、彼も熱くなっている自分がおかしくて笑い出した。オリンピックは古い言葉を掘り起こすものである。それは、大昔から変わることのない感情が、人の内部に生き続けているからであろう。だからと言って、スポーツに興味のない私は、その感動を共有することは出来ない。しっかしなあ、オリンピック見なかった奴っていないの？　やっぱ、私だけ？　なんか、サッカーのワールドカップも同じことになりそうで恐い。もう一度、非国民と呼ばれた日には、一応、日本文学に携っている身としては立場ないよね。

と、こんなことを書き綴りながら、実は、私は、乾燥ポルチーニ茸を水に浸して戻している最中である。原稿を書き終えたら、にんにくオリーブオイルで炒《いた》めたこのきのことリングイネをあえて、生バジルをちぎって載せて、パルミジャーノ・レッジャーノをたっぷりかけて食すつもり。合わせるために冷やした白ワインは、セインツベリィという、とってもおいしい甘味のないはちみつみたいな味のカリフォルニアのものである。あーあ、こうやって、苦あれば楽あり方式で仕事をし続けて、いったい何年になる？　しょっちゅう、小説雑誌に名前を載せている作家の方々を思うと、プロじゃないよなあ、未だに、と自己嫌悪に陥る。

近頃の私と来たら、春に浮かれて、お散歩ばかりしているのである。今日も、夕方、表をうろついていると、突然、どこかのおじいちゃんに、呼び止められた。何事かと思って振り返ると、ひと言、今日は、ちょっぴり寒かったですね、と残して立ち去ってしまった。うーん、何故、私に？　もしかして仲間意識を持たれた？　しかし、「ちょっぴり」って可愛くないか？　こういう言葉って、私の中では「ニャンニャン」とかの対極に位置している。（そうだ。冒頭の男の子に電話して知らせなくては。二人の間で、ちょっぴりってはやらせよう）ささいなこと？　かもしれない。しかし、私は、これらのささいなことに命をかけてるざんす。自分の小説の中では、たとえ、私の嫌いなキャラクターにも、趣味に合わない言葉は使わせたくない。と、かたくなに思っているせいか、読者からいただくお手紙にも、その種の言葉は、ほとんどない。私の本を選んでくれている方々は、私の言葉のセンスも解ってくれているんだなあ、と思うと嬉《うれ》しくって天にも昇る気分で、またもやお散歩に。もう、こうなったら、植草甚一さまを目標にしてやるわ。ポンは散歩と雑学が好き。あ、私には、自分のデビュー後に、この方たちが生きていたら、山田詠美のことを何と言ってくれただろうと思う人物が三人いる。植草甚一、寺山修司、三島由紀夫の三氏である。悪評でも良いから、聞いてみたかったなあ。

散歩の途中で、私は、色々と興味深いことに遭遇する。この間、横断歩道で信号待ちをしていたら、男子高校生と女子高校生が派手な口喧嘩を始めた。隣で聞き耳を立てていたのだが、突然静かになったので横を見た。おおっ、泣いている女の子の両頬をはさんで彼氏がキスしているじゃないか！　ひゃー、可愛い！　羨《うらやま》しい！　男の子は、何度も、ごめんね、とくり返している。これが不細工な小僧たちだと、けってなもんだが、二人共、夕暮れの雑踏の中で、なかなか素敵な雰囲気を作り出していたのですね。やるよねー。私は、若い子に媚《こ》びる気も批判する気もない。いいものはいいなあと思うだけである。自分が、大人になり切れてないからかもしれないが、私は、人前でべたつくカップルが決して嫌いではない。人によるよね、と思うのだ。こういう情景に道で出くわすことの出来る今の時代が、ほら、その昔、非国民とか言われちゃった私には楽しいのだ。ふふふ、やっぱり、散歩は至福。

ついでに、魚屋さんに寄った時も愉快だった。刺身コーナーの前で、母親に連れられた

三、四歳の男の子が、しくしく泣き続けていたので、私は気になって様子をうかがった。すると、困り切った母親が、こう言ったのだ。

「だから、おうちにいなさいって言ったでしょう。ここには、生きているお魚はいないのよ」

これも可愛い！　私は、吹き出しそうになったので慌ててその場を離れた。水族館にでも行くつもりだったのだろうか。その魚屋では、海老《えび》の安売りをしていて、私が通りかかるとお兄さんが声をかけた。

「お姉さん、海老買ってかない？　安いよ」

「あー、でも、そんなに沢山買って行っても食べ切れませんから」

「平気、平気、冷凍にしたら三ヵ月はもつよ！　でも、この値段は今日、一日しかもたないんだよ」

「へー、お兄さん、上手《うま》いことおっしゃいますねえ」

私が感心したように言うと、そのお兄さんは、「ちょっぴり」照れていた。結局、買わなかったけど、その代わり、鯛《たい》の刺身を買って帰り、薄く切って、ジェノベーゼのソースをかけてカルパッチォにした。山葵《わさび》醤油も良いけど、こうして食べると白ワインにぴったり。山葵で思い出したけど、この間、編集者の男の子と食事をした際、メニューをながめながら、彼は言った。

「このやまあおい和《あ》えって何ですかね」

……。あのねえ、ま、いいけどさ。言葉のスペシャリストになれとは言わないけど、食欲失わせるような読み方するなよ、おい。

そう、食欲は大事だ。私は、この前、ある男の子と銀座を歩いていて、どうしようもない空腹状態に突入し、深夜のモスバーガーに駆け込んだ。そして、私は巡り合ってしまったのである。熱血ポンちゃん、そして、熱ポン読者なら一度は口にしなくてはならない聖なる食い物を。その名も、

「チーズポン」

ちびの白パンに熱々の溶けたチーズが入っているいとおしいスナックである。連れの男の子が誇らし気に注文する。

「チーズポン二つください」

ええい、二十個、三十個まとめて買わんかい、と少々もどかしい思いを感じた私である。だって、本当に、ちびなんだよ。ま、他に、モスバーガーやら、ポテトやらも購入しましたが。しかし、チーズポンとは……。ファストフード業界もやるじゃないか。熱ポンを読みながらチーズポンを食す。飲み物は、ポンジュースで決まりさ。（やばい。私の嫌いな言葉関係に行きつきかけてる）

でもねえ、好きな言葉を選べるから、世の中、多様で愉快なのよね。ポンちゃんにとっ

て、言葉の選択は、It's up to your own style even if it's pretty ugly. 御自由になさって、ということですね。え？　その割にはうるさい？　もっとパンチきかせちゃうからすわっ。（何なの？）

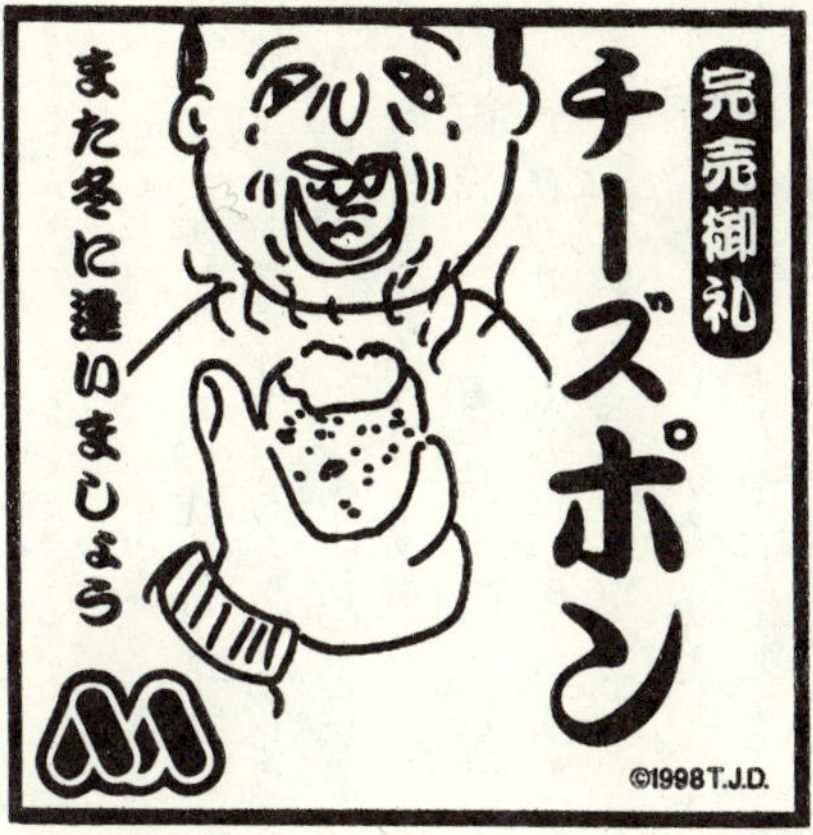
完売御礼
チーズポン
また冬に逢いましょう
©1998T.J.D.

ガード下にて幸せは考えよう

あまりにも綺麗《きれい》な夕陽に誘われ散歩に出たら、沈み行く太陽は、いよかんのようにでかくて、絞ってスクリュードライバーもどきを作ったら、さぞかしうまかろうと思った。あー、これが物書きの文章だろうか。最近、ちっとも字を書いてないもんでね。へへへへへ。なーんてこと言ってると、睡眠時間三時間の多忙なライターは死にそうになる、なんて、また書かれそう。(これって、某男性向週刊誌による「熱ポン」の書評。あんたが死にそうなのは、三時間しか寝ないからであって、私のせいじゃないからね。ちなみに、その文章は、私に対する嫌味の連発。そんなもん書いてないで、さっさと寝ろよって感じ)

さて、それでは、字も書かずに何をしていたのか。楽しいこと。ただひたすら楽しいこと。物書きの場合、お遊びも極めれば、堂々たる取材でしょ?(あ、また、これで、どこかの男性ライターを怒らせてるわね)それにしても近頃思う。世の中には、楽しそうでない人のどれ程多いことか。近頃のポンの座右の銘は「ものは考えよう」である。発想の転換は、幸せへの近道ではないかと思うのだが。心頭を滅却すれば火もまた涼し状態で、切り抜けられる事柄のどれ程多いことか。などと言うと、世の中、そんなに甘くなーい、と叱《しか》られそうだが、真底不幸な大事件について、私は語っているのではない。だいたい、そういう不幸に遭遇した人は、言葉を失ってしまうので、愚痴というレベルの問題ではなくなるのである。楽しそうか否かの次元ではない。かっちーんと来るのは、いったい他人に何を求めてるの？　と言いたくなる人々である。三時間しか睡眠が取れない程、仕事に没頭出来るなんて幸せじゃないか。私だって、やれるものならやってみたいよ、とこれは大嘘《おおうそ》なので、仕事しないでだらけている訳である。

私の知り合いで、アメリカ人の夫が優しくなくなったのを、愚痴ってばかりいる女性がいた。聞かされている私の方は、相槌を打ちながらも、その夫の気持も解らないでもないよなあと思っていた。だって、彼女、すべて、人のせいにしているんだもの。で、私は言った。ねえ、それ、私に言わないで、だんなさんにぶつけてみたら？　それもそうだと思った彼女は、夫に、今までの不満をぶちまけた。じっと彼女の話を聞いていた夫は、何の反論もせずに、彼女を鏡の前まで引《ひ》き摺《ず》って行って、ひと言、言ったそうだ。

「自分を見てみろ《ルックアットユー》！」

そこには、テレビを観ながら口にしていたジャンクフードの影響か、太り過ぎて醜くなった自分の姿が。他人として、鏡の中の自分を見詰めた時、彼女は、笑い出したくなった程だと言う。私が男だったら、こんな女、嫌だと思ったわね。そう後に語った彼女は、すっかり幸せな気分を漂わせていた。おばさんぽく飾り立てていたファッションも変わり、やせたみたいだった。どうやら、夫とも仲良くやっているらしい。私が思うに、カジュアルなファッションに問題ある人って、何らかのプライベイトな不満を抱えてるんじゃないだろうか。ジーンズ穿《は》いてるのに、めちゃめちゃゴージャスな光り物を付けちゃったり、ピンヒール履いたりしてさ。どうしても、武装しないと気がすまないの。彼女もそうだった。私が短パンにスニーカーだった時、髪に巻き入れて、厚化粧してたものね。(それなのに体型隠しのぶかぶかTシャツ)不満のなくなった彼女は、とてもシンプルなスタイルになっていた。気は心ならぬ、気はお洋服よね。去年、ちょっとばっかり手を出したアナ・スイは、私には、ぜーんぜん似合わなかった。あれって、私のような上半身でぶには無理みたい。やはり浮気しないで、ゴルチエを極めてやるわ。ほら、彼の服って、男前の女とべっぴんの男のためのものじゃない? ゲイの友人に、おかまの鑑《かがみ》と言われた私には、ジャスト・フィットのタイト・アス(何のことだ?)に決まってる。

さて、こんな脳天気なことを書き綴っている私だが、実は、足の指の打撲で、三日間程歩けなかったのである。今も、革靴を履くと痛いので、近所の買い物には、下駄をつっかけている。ちょっと、いなせな姐《ねえ》さんてやつ? でも、お散歩好きな私としてはつらい。それなのに、誰からも同情されない。当り前だ。いただき物のワインの瓶を自分の不注意で、足の上に落した故の怪我《けが》なのだから。しかし、落した瞬間、呻《うめ》く私を放っておいて、慌ててワインの瓶を拾い上げた男友達って何？　彼は、さもいとおし気に、瓶をさすりながら言った。

「あ……シャトー・ラグランジュが……」

ワインの無事を確認した彼は、ようやくかがみ込んでいる私を見下して言った。

「ところで、エイミー、大丈夫？」

くーっ、いてーよ、いてーよ、ひどいじゃないか。ワインのばか。(深夜放映しているこの「ワインのばか」、ほんと馬鹿馬鹿しくて愉快です）ワインよりもばかと言いたいのは、側にいた男である。若造のくせに、女よりワイン？　世の中、間違って来てない？　環境ホルモンのせいかしら。その時は、お酒も入っていたのでたいしたことはないと思っていたのだが、翌日、爪先が膨れ上がっていた。ひゃー、自己肯定が過ぎて、ばちが当たったのかも。

しかし、ほら、「ものは考えよう」のスローガンを掲げた近頃の私ですもの。こりずに足を引き摺りながら散歩している時、連れの男の子に言った。

「あのねえ、サガンの小説で『ブラームスはお好き』っていうのがあるんだけど、その中に美貌《びぼう》の青年が出て来るの。その青年は、自分のあまりの美しさに照れて、人前で足を引き摺っている訳」

「……そ、それで？」

「私の今の姿って、その青年を彷彿《ほうふつ》とさせない？」

男の子は蔑《さげす》んだように私を見て溜息をついた。

「今のおれの姿って、足の悪いばあちゃんに手を貸してやってる心優しい青年を彷彿とさせない？　さ、おばあちゃん、公園はこちらですよ」

ち、世の中、せちがらいねえ。と、私たちが辿《たど》り着いたのは、なんと夜が明けたばかりの日比谷公園である。あまりにも暖かな春の夜、そうだ誰もいない早朝に花見を決行しようと思いついたのであった。連れの男の子は、ぶかぶかの短パン姿。私も、ゴルチエのジーンズにセーターだけという軽装である。渋谷から移動して来たカップルに見えたか、足の悪いばあちゃんと親切な青年に見えたかは定かではない。とりあえず、朝四時半の日比谷公園に出没するには奇異な二人組であったのは確かだ。夜更しも極めると三文の徳の早起きと一緒。非常に気持が良かった。明け方の銀座周辺って、無人なのですね。知らなかった。私たちは、ベンチに腰を降ろして、とりとめのないお喋《しゃべ》りをしていたのだが、突然、彼が言った。

「酒、持って来りゃ良かったなー」

「あーほんと。シャンペンで桜に乾杯したいよねえ」

「腹もへって来たー」

「あったかいもん、おなかに入れたいね」

と、その時、二人は気付いたのである。目の前の帝国ホテルのカフェレストランが六時に開くということに。ラッキー。で、二人は、六時まで公園を歩きまわることに決めたのである。足引き摺りながら良くやるよね、私も。それにしても、久し振りの朝の公園の空気のおいしいことと言ったら。純度百パーセントのフレッシュなとこ、いただいてますって感じ。朝日が、ビルを照らして、その様子は、ちょっぴりニューヨークみたい。もう、こうなったら、ビリー・ジョエルでも歌ってやるかって気分。御機嫌な私は、野良犬に近寄って親しくなろうとしたのだが、怯《おび》えたその子は、後ずさり（本当にするんですね、犬も）して吠《ほ》えながら逃げて行った。

「わははは、エイミー、犬にまで相手にされてねえの」

えーい、うるさい。飲んでやる。で、開いたばかりのレストランで、モーニングシャンペンを一杯……のはずが、二杯になり三杯になり、おまけに空腹にまかせて、オムレツやら、マフィンやらをたらふく食べて、ウエイターの人も呆《あき》れていたみたい。

「あ、そのクロワッサン、ひと口ちょうだい」

「やだ！　これ、私のだもん」

などという会話を交わしていたら、なだめられちゃった。

「あの……大丈夫ですよ。お替わり自由ですから」

だって。優しいウエイターは大好きさ。しかし、おれたちって何者？　朝からあんなに詰め込んじゃって。満腹、大満足状態で、日比谷の早朝クルージングは終りましたとさ。お休みなさーい。え？　足の痛み？　ふん、酒と食いもんは心頭を滅却するざんすよ。

話は、まったく変わるが、私は、今日、佐藤雅彦さんという人の書いた『クリック』という本を読んだ。（彼は、あの「ポリンキー」や「バザールでござーる」のCMを作った方だそうだ）その中で、すっごくキュートな文があったので、なんだか嬉《うれ》しくなっちゃった。それは。

「ボールペン売場には『うなぎ《eel》』が必ず数匹います。」

と、「マヨネーズ」という題名の、

「一人だけ倒立をしている。」

ってやつ。いるよねえ。試し書きの紙に、eel。あと、長電話していた友人の後に電話を使おうとすると、必ず側のメモ帳に、意味不明のデッサンってないですか？ うちの夫なんか絵心のないのを露呈する崩れたのらくろとか何匹も描いて、立つ鳥跡を濁してるよ。そう言う私も、漫画の才能のなさがばればれの「あしたのジョー」とか描いてたりする。何故かは解らない。話に熱中してはいる筈《はず》なのだが。しかし、試し書きと来たら、うなぎだ。キャットフィッシュ（なまず）とか、シースネイク（うみへび）とか書く人はいない。いや、しばし待て。もしいたら愉快なんじゃないのか？ よし、「熱ポン」愛読者の諸君、ポンの後に付いて来てはくれないだろうか。私が、文房具屋のペン売り場に、最初のなまずを養殖しよう。繁殖は、きみたちにまかせた。うーむ、この秘密組織の名をどうするべきか。アイデアを待っている。なんて言ってもさ、どうせ、一通のお手紙も来ないのよね。その昔、ばれん愛好会をこの誌上で発足させた時も、会員になったのは、元熱ポン担当の森山だけ。握りばさみ愛好会に至っては、黙殺されたままという経緯を辿っているのである。あ、握りばさみで思い出したのだが、最近つくづく感心しているのが、裁縫箱やソーイングキットに必ず潜んでいる針の穴に簡単に糸を通させるためのちびの道具である。ほら、超細い針金と一円玉が合体したようなやつのことよ。あれって、ものすごく賢くない？　最初に考え出したお方は誰？　そして、正式名称は何？　誰か教えて下さい。教えてくれないと、勝手に名前付けちゃうよ。キャサリンとか、ジョナサンとか、コス・デストゥルネルとかさあ。（しかし、何だって、ワインの名前を付けるんだかね、すげー暴挙）

そして、「マヨネーズ」である。マヨネーズのチューブが逆さになって入っている冷蔵庫を持つ男には女がいる、という説もあるが、それは早計である。近頃の男の子って、皆、逆さにしてるよね。自分から勝手に他人の家の冷蔵庫を開けることはないが、持ち主に、○○出してくれる？　などと言われて開ける時、つい見ちゃう。初めて訪れる男の子の部屋の冷蔵庫なんて、きっちりチェックしちゃうものね。はっきり言って、本棚を覗《のぞ》くより、そいつのことが良く解る。本棚は格好付けられるが、冷蔵庫の中身は無理である。心地良く乱雑なのが良いよね。賞味期限の切れた乳製品なんか入っていると可愛いらしいし、食べる気もないヴァレンタインズデイのチョコなんか押し込まれていると、いとおしい。化粧水なんか入っているのは絶対に嫌だが、フィルムの入っているのを見た時には、ぐっと来た。しかし、この間、たまたま開けた男の子の冷蔵庫には、腐ったホタルイカがいた。シュールだった。何故、捨てない。以来、彼との電話で、ホタルイカについてばかり話している。恐くて捨てられないそうである。おい、もっと恐くなるぞ。

そう言えば、この間、幻冬舎の石原の家に押しかけたら、冷蔵庫が壊れていた。コンビニで氷を買って白ワインを冷やしたり、生もののつまみを持ち込まないようにして事なきを得たのだが、翌朝、暗い声の石原が言う。

「昨夜、おれが寝ちゃった後に皆、帰ったらしいね」

「あー、そうそう、お邪魔しました」

「いつのまにか牛丼食った？」

「うん、向かいの吉野家で買って来て、森山と食った。残り置いて来たけど」

「そのせいで、おれんち、ものすごく牛丼臭いんだよね。朝、すげえ気持悪かった」

つゆだくの牛丼は、おつゆを吸って膨れ上がり、ふたを持ち上げていたという。うーん、壊れた冷蔵庫が悪いのさ。近頃、石原の家は、バー・イシハラと呼ばれている。冷蔵庫を、さっさと買い替えて、再オープンしてもらいたいものだ。

ところで、バーと言えば、近頃の私のお気に入りは、新橋のガード下。なんと三時からやっている。ここで、逆さにしたビールケースのテーブルでコップ酒なんて最高である。仕事を終えたサラリーマンに混じって飲むなんて、労働してない私は小さくなるばかりだが、結構、つまみもいけるのさ。やはり、ガード下にある串揚げ屋さんも好きだ。ワインバーだけが、飲み屋じゃないよ。(ほら、私って、ブームに背を向けるひねくれ者だから) 渋い年配サラリーマンの会話を小耳にはさみながら、あー、もつ煮込み。これを書き終える頃には、台所で煮えている手羽先も食べ頃であろう。そう、またしても、苦あれば楽あり方式。プィーイ・フュメも冷えてるだろうし。(結局、ワイン飲む訳ね)

足の指は、まだ痛い。ヒールの高い靴を履いてお出掛けに行けない、と男の子に文句を言っていたら、彼に、そんな指、切って捨てろって言われた。ぐっすん。なーんて、私が泣くとお思い？　私を人魚姫と呼んでもよろしくってよって言って絶句させてやったわ。ポンちゃんにとって、幸せな気分は、Coming through cute arrogance.　なまずの繁殖よろしくお願いいね。(ガード下の人魚姫より)

山田家の牛《ぎゅう》丼《ポン》

五月の風に舌なめずり

風薫る五月。そう言えば、最近、このフレーズ、耳にしませんね。死に絶えてしまったのだろうか。五月の風をゼリーにして持って来てください、なんていう素敵な詩もありましたね。風のゼリーなんて腹のたしにはならないだろうが、ロマンティックだ。誰か、私にも、ゼリーを……ゼリーを……あ、でも、私は、コンソメのゼリーの方がいいな。オマール海老《えび》かなんかを寄せてさ。近頃の私って、色気より食い気。でも、ジム通いを再開したから、体重管理もばっちりよ。筋肉付けて、夏に備えているという訳。へなちょこの男性編集者が何人束になってかかって来てもへっちゃら。根性、叩《たた》き直してさし上げるわ。

この間、年若い男友達が、私の本を読んだと言うので感想を尋ねたところ、彼は、こう返した。

「いやあ、山田くん、なかなか良かったよ」

これを聞いて、何人かの男性編集者は、あー、おれも一度で良いから、あのくそ生意気な女に、そういうもの言いをしてみたい、と歯ぎしりをするであろうことは、想像にかたくない。よろしいのよ、別に。誤解されているみたいだけど、私は、とても聞き分けの良い、謙虚な物書き。ただこわもてなだけの良い子な作家なの。（しっかしなあ、良い子な作家ってつまんなそう）

と、いうのも、四月、五月は、小説新人賞の季節。私は、柄にもないと言い続けながら、もう十年近くも選考委員を二つやっている。そんなに長いこと新人賞に携わっているというのに、二作目を書いて掲載された受賞者は数人、その中から、書き続けて本を出版するまでに至った人と言ったら、ほんのひと握りなのである。徒労感、少しありなのはいなめない。新人賞がゴールだと思って安心しちゃうってのは、結婚式がゴールだと思うくらい、大間違いなことなのである。北方謙三キャプテンは、受賞者の誰かがベストセラーを出したらこの選考委員を辞める、なんておっしゃってたけど、知らないよ、じいさんになるまでは、私も付き合えませんからね。と、いう訳で、先月の選評では書けませんでしたが、今回の受賞者の皆さんは、がんばって下さい。あまり良い子にならないように。

良い子の作家っておもしろくないよねー。だいたい、良い子は、ものを書く必要なんてないんじゃない？　言っておくけど、良い子と良い人は違うよ。選考委員の方たちは、皆、良い人。でも、それは、良い仕事をしているから、良い人の振りが出来るのである。良い子は、たぶんひとりもいない筈である。しかしながら、私は、良い男の子にセックスアピールを感じるたちである。したがって、私の男に物書きは、ひとりもいない。またもや、やくたいもない？　そうですね。

そう言えば、先々月になるだろうか、この「熱ポン」で、好きな言葉の世界と嫌いな言葉の世界について、重箱の隅をつつくように、くどくどと書き綴ったのであるが、あれが、意外と共感を得たのである。同じこと考えている人って、結構いるのね。めでたし。と、思っていたら。

仲良しになった銀座のお店のママさんから、ある日、キムチを送っていただいた。あまりおいしかったので、食べ続けた。で、食べ過ぎた。ちょうど、その時に、電話で大学生の男の子と話をしたのだが、

「何、してたんですか？」

「いただきもんのキムチ食べ過ぎちゃってさ」

「キムチ悪い？」

うおーっ!!大学生の分際で、そんな駄洒落《だじゃれ》使っちゃいっかーん。そういうのは、おやじにまかせておけば良いのだ。言った途端、本人も、ばつ悪い感じだったけど。油断大敵だよ、おい。

近頃、私の癇《かん》に障る言葉のナンバー1は、ほら、おやじ系週刊誌のコラムなんかに良く登場する、

「いかがなものか」

ってやつ。いかがなものかってさあ、他人に意見をゆだねてないで、はっきり、自分の考えを言いなさいよって感じ。否定意見に逃げ道残してるみたいで、感じ悪ーい。あれって、はやりなの？　なんだか、しょっ中、目にするけど。

はやりと言えば、ゴールデンウィークに、私は実家に帰ったのだが、姪《めい》のかな（九歳）たちの間ではやっている言葉は、

「そういうネタのない話しないでよ」

なのだそうだ。ネタ？　オチじゃないの？　と尋ねる私に、彼女は、頑としてネタだと言い張る。つまらない話ばかりしている奴を「ネタのない奴」と呼ぶのだそうだ。ふーん。いっぱしの大人のような口ぶりで話す彼女と時間を過ごすのは、帰省した際の一番の楽しみである。人生語ろうぜ、というのは、私に対する彼女の口癖であるが、今回も、たっぷり、語り合ってしまった。夜中の二時まで話し続けてるんだもんなあ。プチポン、恐るべし。おまけに、私の影響か、趣味で作文を書いているので、それを添削しろと言う。くー、やってしまいましたよ、編集者もどき。このわたくしに赤を入れさせるとは、けっ、ふてえがき、もとい、たいしたお子様ですこと。でもなあ、子供の作文を読むと、時々思うのだが、新鮮なフレーズあるよね、たまに。あ、これ、大人の私には、絶対に書けないと感じる。もちろん、それをたいしたものだ、などとは思わないけどね。いたいけで無防備なものは、そのままでは作品にはならないしね。（話戻るけど、新人賞の応募作品の多くは、そこを勘違いし

てるよね）でも、でも、やはり、「電子レンジになれたらいいな。そうしたら、好きな人を暖めてあげられる」なんていう文を読むと、ほら、姪馬鹿なポンですもの。ぐっと来ちゃう訳よ。しかし、「私のおば（山田詠美）は、男のことばかり話しています」なんてのを読むと、余計なお世話だと思う。が、書かれるのも仕方ないか。

二人で、宇都宮市内に出掛けた時のこと。買い物をすませて、私たちは、イタリアンカフェのようなところで休むことにした。私は、ワイン、彼女は、レモンスカッシュ。（自分では、酎《ちゅう》ハイのつもり）ピザをつまみながら私が、こそこそと言った。

「ねえ、ねえ、絶対に、すぐに後ろ見ちゃ駄目だよ。私たちの後ろに、高校生ぐらいのカップルがいるんだけどさあ、男の子の方、めちゃめちゃ可愛い!!」

「あー、入って来る時、かんかん（かなのニックネーム）も目つけた。格好いいよねー」

「ひゃー、好みだよー」

「結構、竹野内、入ってるよね」

「でもさあ、連れの女の子、ブスだぜー、なんでー？」

「エイミー、やっぱ、顔じゃなくて中身ってことなんじゃない？」

「えー、顔だよ（きっぱり）」

「山田詠美の名刺持ってないの？」

「私、名刺ないんだよー」

「えー、使えなーい。こういう時に出して、こういう者ですがって言うんだよ。そんな頬杖《ほおづえ》ついて格好つけて見てても駄目だよ。ここで、作家のポーズとっててもさあ」

「えー、そうなの？」

「でも、後で、ばったり会ったら、その時は、ゲットしちゃえば？」

「じゃ、かんかんも一緒に手伝ってよ」

「いいよ。でも、ほんと、エイミーって、これがないと生きて行けない人だね」

その通り。あの子なら、五月の風をゼリーにして持って来てくれると思うの。年の差？恋に必要なのは、ギャップよ！ギャップ。ばったり再会したら、容赦しないわよ。と、思っていたが、会える筈もなく、仕方がないので、今度は、かなのお目当ての、古着屋の店員のドレッド兄ちゃんを見に行った。ものすごくファンキーである。かなは、しきりに照れていた。

「あの人、レジ打つ時も、ラップとかに合わせて、のって打ってんだよ」

「ねえねえ、私の姪が、あなたのファンなんですけどって言って来ていい？」

「やだよ、そんなの、超かっこ悪い」

と、クールな振りをして、真剣に古着を選ぶ彼女であった。何か買ってあげる、と私が申し出た時、彼女が迷わず口にしたのが、古着のお洋服。ラップ系の小僧みたいなスタイルが大好きなのだ。ある朝、登校時に、彼女の服装の異変に気付いた母親である妹が、追いかけて行って、だぶだぶのTシャツをめくると、お尻の割れ目が見える位置まで迷彩柄のパンツを降ろしてベルトで止めていたという。そう言えば、私も彼女の年齢には、女の子らしい服が大嫌いで、リーバイスはいてたもんなあ。で、次は、私のお目当ての、ヒステリック・グラマーとジャン・ポール・ゴルチエさまへ。ヒステリックスで、タンクトップを選んでいたら言われた。

「エイミー、今年の夏も、おなか出したりする訳？」

「いけなーい？」

「いけなくないいけどさあ、若いよねー。その内、キティちゃんのケータイ持って、ルーズはいたりするのだけは止めてよね」

「えー⁉ 駄目なの？」

「……エイミーいくつだっけ」

「十八」

「……私の伯母《おば》って……私の伯母って……変」

ほーっほっほっほ。今頃、気付いたか。そこまで年齢を偽れば、罪のない冗談でしょう。そう言えば、この元担当の森山とタイのパタヤのダウンタウンを歩いていてナンパされた時も、「年？ 十五よ」と平然と言ってのけた私。口あんぐりの森山。

「あ、あのねえ……いくらなんでも、そりゃないでしょう、山田さん」

あら、でも、男の子二人は納得してたみたいだったけど気のせいだったのかしら。私が嫌なのは、まじで年齢ごまかして若く申告している女だ。言いたくなきゃ年齢不詳でいいじゃないかと思う。それも姑息に、三つとか四つごまかしたりするんだよね。年が若いのって、そんなに素晴しい？　私は、二度と戻りたくないけどね。時々、自分の若いのを婉曲《えんきょく》（ここが嫌らしいよね）にアピールして、それをさも特権のように価値を持たせるお嬢さんがいたりするけど、思わず笑っちゃう。これって、女の子だけじゃない？　男の子は、自分の若さを魅力の主題になんか置かないと思う。若造であるのを自慢している男の子になんか、お目にかかったことないよ。女の若さは、ある種の男たちのニーズ？　ま、別に、そういう男たちとは、関わることもないでしょうから、私には関係ないけど。私には、年若い男友達が何人かいるが、彼らが魅力的なのは、若いからではなく、若いことを恥じているからだ。よく女性の使う男性への誉《ほ》め言葉に、「少年のような」というのがあるが、私は、年くった少年なんて好きじゃない。若くても、年齢を経ていても、マチュアであろうとする姿勢は、人を素敵に見せるよね。あ、でも、私が、ヒステリック・グラマー着ているからって、言ってることとやってることが、ちがーう！　なんて責めないでね。単に趣味なんだから。

結局、私は、夏に備えてTシャツとタンクトップを購入した。ヴィンテージのジーンズに合わせて、カンゴールのベレーをかぶるの。あ、このカンゴール、映画「ジャッキー・ブラウン」の影響で、また復活したのでびっくり。数年、お姿を拝見していなかったカンゴールさま。おととしあたりは、勘違いしたおじさんの頭に後ろ前逆にのっかって、ただの鳥打帽と化していた光景を何度か目撃してしまって悲しかったけれど、もう大丈夫。タランティーノさま、ありがとう。（しかし、私の所有するカンゴールは、妹の元彼のもの。まさか、私の手に渡っているとは夢にも思うまい）

話は、まったく変わるが、先月号で、私は、日比谷公園の野良犬を手なずけようとして、失敗した話を書いた。犬に後ずさりされる程、恐がられるなんて、非常に心外であった。しかし、どうやら、私と犬の間には確執があるらしいことが判明しつつある。

この間、ジム帰りに踏み切りの前で電車が通り過ぎるのを待っていた時のことである。一緒にいた女友達が言った。

「ねえねえ、隣のおばさんの連れてる犬、さっきから、ちらちらエイミーのこと見てるよ」

見ると散歩帰りの犬が、こっそりと私の様子をうかがっている。まるで、何か異様なものに会ってしまったとでも言いたげに。私と目が合うと、慌てて逸《そ》らし、少したつと、また恐る恐る私の方を振り返る。いっちょ、脅かしてやるかい、と思った私は、犬の方に手を伸ばし、指をぱちんと鳴らした。その途端に、犬は、きゃいんきゃいんと叫んで、逃げようと必死になったのである。驚いたのは、飼い主のおばさんである。

「まーっ、どうしたのかしら、この子ったら急に」

その直後に、遮断機は上がり、犬は、おばさんを引っ張るようにして、大急ぎで走り去ったのである。これは、どういうことか。私と犬の因縁とは、いかなる……。

この話を男友達にしたら、彼はひと言、こう言った。

「エイミーが猿《さる》だっていうの見破ったんだよ」

な、何ですって!? そりゃ、大昔は、猿だったかもしれないけど、今の私は、れっきとした霊長類ヒト科よ。それとも、猿を彷彿《ほうふつ》とさせる程、ワイルドスタイルな私だって言うの？ ちぇ、開き直って毛づくろいでもしてやるか。昔、幻冬舎の石原に言われたことがあったっけ。

「ポン助って、女性週刊誌とかに載ってる狼《おおかみ》に育てられた少女みたい」

何故？ 顔のせい？ 常々、ドジャースの野茂くんに似ていると評判の私だが、この間、ある人にこう言われた。

「エイミーって、オズマに似てる」

……。オズマって、「巨人の星」に出て来た人？ かと思えば、またある時には、

「南の島の民芸品に似てる」

とも。おれって何者？ こうなったら、私の大嫌いな「自分捜し」しちゃうから。犬と対決している場合ではないわ。しっかしねえ、自分って何者？ と考えるよりも、自分は何者でもないと思う方が、断然好みだ。私は、いつだって、年齢不詳、職業不詳の得体の知れない奴でいたい。え？ 作家の山田詠美？ あー、あれは別人ざます。ポンちゃんにとって、

五月の風は、Blow my mind when I get relax. パム・グリアーに似てるって誰か言ってくれない？（オズマなおれさまより）

プチ
PON
プチポン
6・9
定価 360 yen
夏の特別増刊号
夏に備えて
Tシャツと
タンクトップ

軽はずみは楽しい

不良中年は楽しい。そ、そ、そうなんですよ。我が意を得たりと思った私は、早速、嵐山光三郎氏の『「不良中年」は楽しい』を書店で購入したのだが、読み終えてみると、ちょっとショック。不良中年になるには五十歳を過ぎないと資格をもらえないらしいのだ。しかも、「オヤジ」でないと駄目なんだって。ふふ、おれには資格があるぜ、と思っているそこのお父さん。親父なだけじゃなれないんですよ。「オヤジ」でなくては。日頃、友人から、詠美ってオヤジっぽーい、と言われているポンだけど、年齢さば読んだらどうかしら。おまえ、女だろ、ですって？　まー、そんな性差別、吹き飛ばしてやるわ。今日の私は、ちょっとフェミニズムに傾倒しているの。ポンちゃんをこれから不良中年とお呼び。しっかしなあ、その昔、お仕事で「女王様とお呼び」とか命令していた私。女王様から不良中年に一足飛びってのも、あんまりといやあんまり。今さら不良少女ってのも図々《ずうずう》しいし……と、ここまで考えて思ったのだが、日本には、不良志願の大人の女を表す言葉がない！　それでは外国にはあるのかと言われれば、それは知らんが、ニューヨークやパリなんかは、不良だらけなので、名詞を当てはめる必要もないのである。うーん、私も不良になりたーい。

ある男の子に言われたことがある。

「エイミーってさあ、人妻だよね」

「そうだよー」

「で、結構、名前も知られてたりする訳でしょ？」

「そうだよー」

「それにしちゃあ、ちょっと軽はずみなんじゃないかあ？」

「不良っぽいかなー？」

「……不良っぽいかなって……あんた、不良だよ」

彼は、真底呆《あき》れていたようだったが、青年、それは違うのだ。私なんて、ただの不良志願。でも、軽はずみって言葉は気に入ったわ。不良中年に年齢制限があるというなら、私は、この先、軽はずみ道を極めようと思うの。不良中年の皆さん、わたくしに道を踏み外されないようにお気をつけあそばせ。（つけ上がってる？　私って）

唐突に話は変わるが、インスタントコーヒーの紙の内ぶたを最初に切った時の香りってありますよね。ある朝、目覚めたら、唐突にあの匂いが嗅《か》ぎたくてたまらなくなった。何故かは解らない。で、コンビニに走ってネスカフェを購入したのである。自慢じゃないが、私は、こういう時だけ腰が軽い。いつも、実用的でない方向に興味が向いている。それにしても、インスタントコーヒーを買うなんて二十年ぶりくらいのことである。子供の頃、良くコーヒー牛乳を作って飲んだものである。あの新しい瓶《びん》の封を切る時のささやかなわくわく感。よみがえれ！　幼年時代。ぴりっ。あー、あれ？　こんなんだったっけか？　なーんか、ちがーう。これは、私の求めていた香りじゃなーい。もっと下世話で強い匂いだったんじゃないのか。腑に落ちないと思いつつも、コーヒー牛乳を作ってごくごく。やはり違うような気がする。インスタントコーヒーが進化したのか、私の記憶が進化したのか、それとも、単に年を取ったのか。郷愁を五感に広げてうっとりしようという私の目論見《もくろみ》は失敗したのでした。時々、私は、こういうことをする。大昔にいただいたコム・デ・ギャルソンのヴァニティケースに詰め込んであるお宝グッズを引っ張り出して、あのメモリーよ、もう一度ごっこをしたりする。ま、私のお宝なんてさ、タール砂漠の砂とか、テディベアのちぎれた耳とか、使わないままのSEXWAX（セックス用じゃなくて、サーフボード用のワックスよ）だったりする訳だけどさ。私って高価な宝石とかに、まったく興味がない代わりに、過去のジャンクにすごく執着する。記憶フリークってやつね。だから時計が好き。待ち合わせの時間には、しょっ中遅れるジャマイカンな私だけど、何年の何時何分何十秒に何をしていたかを思い出すのが好きなので、常に腕時計は必需品。それも、常に身に付けているためには華奢《きゃしゃ》なものでは駄目なので、必然的にでっかい男物の防水。だから、プレゼントしてくれるなら、オメガのシーマスターなんか良いと思うの。と、この間、ある男性に言ったら、怪訝《けげん》な顔して、ぼくにそんな義務はありませんと言われた。ふん、それはその通りね。でも、あなたが素っ気なくした時刻は一生忘れなくってよ。

香水なんかも記憶フリークのマストアイテムだ。時々、デパートの香水売り場で、どうしようもなく嗅ぎたくなった香りを、あのインスタントコーヒーを買いに走ったように購入してしまうことがある。あるひとつの情景を思い出したいばかりに。しかし、自分本位な私は、恋人が私の香水を嗅いで、あ、昔の女と一緒、と言った時に、ものすごーく不貞腐《ふてくさ》れて、その香水瓶を捨ててしまったことがある。その男と別れた後に思った。もったいないことしちまったよー、ちぇーっ。男を先に捨てりゃ良かった。今、嗅ぎたくて仕様がないのは、金木犀《きんもくせい》の花の香りなのだが、今は季節外れ。えーん、秋まで待てなーい。似ている香り？　そうだ、桂花陳酒を飲もう。でも、おうちになーい。それなら、ゲヴュルツトラミネールを飲んでやる。ごっくん。(結局、白ワインが飲みたかっただけかも）しかし、このアルザスのワイン、何故か、新人賞選考会の時の島田雅彦を思い出しちゃうんだよね。ロマンティックじゃないったら。

食べ物も、もちろん重要ね。舌の記憶って、その人の生活をすごく拘束している。それなのに、牛さんの舌は、タン塩にされちゃう。なんて、ああ無情の生き物なの？　でも、おいしいよね。私の友達で、上等なタン塩を食べるとディープキスを思い出すわね、とほざいていた人食い人種の女がいたけど、その気持、解らなくもない。私も、栗の実を見るたびに思い出す男の子の爪《つめ》があるもの。海老《えび》を見るたびに思い出す男の子の唇もね。も ー、可愛い！　口に入れてやるぅ。ぷり、ぷり。と噛《か》んでいる内に、いつのまにか血の気が失せて、かぶと虫の幼虫に。ぎゃー、恐るべし、ビートルズ。だから、私は、小海老のチリソース煮に弱いのよ。まあ、エスカレートも、この辺にしておくが。あ、そう言えば、この間、帝国ホテルのデリ、ガルガンチュアで、エシレバターを見てたら、涙が出て来ちゃった。感傷ってやつ？　あそこのバター売り場で泣き崩れている女がいたら、それは私よ。抱き起こしてくれるのが、クールな兄ちゃんだったら、オールド・インペリアル・バーで一杯おつき合いして差し上げてもよくってよ。ブラックベルベットで乾杯しません？　ブラックベルベットは、シャンペンを黒ビールで割った美しいカクテル。前に、赤坂プリンスホテルのバー・ナポレオンで注文したら、ドン・ペリニョンで作ってくれたことがある。もう、これって、ゴージャス！　ものすごく美味であった。一緒にいたのが、男性編集者たちだったのが色気ないんだけど。私は私で勝手に山田詠美ワールドに突入させてもらったわ。（ほんと、いっつも、私って何様のつもり？）

音楽なんかは、記憶呼び起こしアイテムとしては、私などが言うまでもなく一般的よね。バド・パウエルの「クレオパトラの夢」が流れて来ただけで、村上龍ちゃんの顔を思い浮かべてしまう人たちは相当いる筈。で、龍ちゃんは必ずこの台詞《せりふ》を口にする。今晩は、ＲＹＵ Ｓ’・バーへようこそ。

私の場合、聴く音楽の大きなパーセンテージの部分を、ジャズやソウル・ミュージックなどの黒人音楽が占めている。今でも、コン・ファンク・シャンやエボニー・ウェヴなんかを聴くと、赤坂の田町通り（昔、ムゲンというディスコのあったとこですね）をはっきり思い出すことが出来るし、P・ファンクを聴くと、六本木のおそば屋さんの長寿庵（上の階に、エンバシィというクラブがあったんですね）を懐しむ。スウィートなソウルを聴くたびに、あ、この裏声系の甘いソウルバラードが、「甘茶ソウル」と名付けられているのをご存じだろうか。何だ、それ？　と気にかかる方々は、ぜひ、『甘茶ソウル百科事典』を御購入いただきたい。この「熱ポン」で毎月、イラストを描いて下さっているテリー・ジョンスン氏（イラストレーターの湯村輝彦さんのことです）と、そのお仲間によって編纂《へんさん》された世にもファンキーな事典なのである。うちの夫が開いた途端、なんじゃ、こりゃーと叫んで笑い転げた程のエッチな仕上がり。そうそう、ソウル・ミュージックは、この臆面のなさが命。雨の中、ぼくは出て行きたい、行かせてくれ、行かせてくれ、行かせてくれ——!!（「イン・ザ・レイン」byドラマティックス。勝手に直訳）普通だったら、行ってらっしゃーい！と、さっさと追い出したくなるこのへなちょこ男を、あまーい、ラブ・ジョーンズ野郎に仕立て上げるのが、ソウル・ミュージックの魔法。ラララララララは、愛してるって意味だよーん。（「ララ・ミーンズ・アイラブユー」byデルフォニックス。勝手に直訳）えーい、ラララで事足りるのなら恋愛小説なんかいらん、呑気《のんき》な奴め！　ともならない。私も、その昔、ソウル・ミュージックを流して不埒《ふらち》なことに精を出したものです。あ、この『甘茶ソウル百科事典』の中のちびのコラムの欄で、私も、ポンチな文章書いて協力させていただいています。必読！

辞典と言えば、この間、この連載を愛読してくださっているという出版社の方から、素晴しい辞典を贈っていただいた。その名も、

『暮らしのことば　語源辞典』（講談社）

どうです！　これこそ熱ポン系、言葉の小姑《こじゅうと》たちが出現を待ち望んでいた辞典ではないか。帯には、こうある。

「『とどのつまり』のとどとは？　『にべもない』のにべとは？」

うおーっ。私のやくたいのなさに拍車をかけようとしているとしか思えない。（ちなみに、やくたいは、益体と書く。これも載っていました）よし。この辞典を毎日読み続けて、ちょいと物知りの軽はずみな女になって見せるわ。物知ってたら軽はずみな行動には出ないだろうよ、と言われるのは百も承知。鯖《さば》のお寿司《すし》のバッテラ。このバッテラが、実は、ポルトガル語の「小舟」の意味だって知っていた？　鯖寿司食いながら、ポルトガルに思いを馳《は》せている軽はずみな女なんて、そうそういないと思うの。私は、ロカ岬にまで足をのばしたことある程の腰の軽い女。確かに、そこで地終わり海始まってたけど、鰯《いわし》以外の食いもんは、ぜーんぜんおいしくなかった。え？　くだらない？　私は、「益体もない」の例文作家なの!!

ところで、この間、二つの日本料理屋さんで、立て続けに松茸《まつたけ》をいただいた。何故、この時期に松茸？と思い尋ねてみると、五月《さつき》松茸と呼ばれるものなのだそうだ。徳島とかあちらの方で、秋と間違えて生えて来るお馬鹿さんの松茸がいるのだという。なんというぼんくらな松茸だ。しかしながら、そのおかげで、季節外れの美味の恩恵に与《あずか》れるというもの。でも、私には、松茸の気持がちょっぴり解る。春と秋って、まったく異なる空気を持ちながらも、ほんの少しだけクロスした部分、ありませんか？　時に、春は秋に似ていて、秋は春に似ている。そう感じる一瞬の間、私は、あのいくつかの恋の終わりが、春ではなく秋だったら、あるいは、秋ではなく春だったら、どんなふうだっただろうなどと考える。その後の展開は、まるで違っていたかもしれない、などと想像すると楽しい、と同時に、やるせない。人間関係って、実は、生まれる時と終わる時の季節によって、まったく違うものになったりするのではないだろうか。そろそろ、うっとうしい梅雨に突入したが、私だけ南の島の雨期と勘違いして官能的な気分になってみようかな。でもなあ、私だけ島の女気分になっても、ここ昭島市にはニッパ椰子《やし》もプルメリアの花もないし。あるのは、駅前のショッピングセンターの地下で売ってるおいしい鯖の灰干《はいぼ》しだけ。

そう！　再び鯖だ。実は、近頃、私は、この鯖の灰干しに入れ揚げているのである。そのままグリルで焼いて、白い炊きたてごはんに合わせても良いのだが、オリーブオイルを塗り、ガーリックを載せて、タイムを振りかけて焼いても美味。パスタの上にそれを載せ、ルコラの葉っぱも山盛。プリモとセカンドが同時に味わえる便利で簡単な御馳走である。付け合わせは夏野菜のごった煮、カポナータ。合わせるワインは、イタリアンの白の辛口、アリエッラなんか良いよねー。あー、このエッセイって、私の空腹の具合によって、すぐに食べ物方向に転換しちゃう。そう、私は、今、すごーくおなかがへっている。超はらぺこ。この超はらぺこって言葉、私の大好きな若い男の子が良く使うんだけど、可愛くって愛用させてもらっている。あれ？　ところで、はらぺこの語源は何？　ぺことは？　と、思い早速引いてみたのだが……ない!!　どういうこと？　あー、今晩眠れなーい。辞典局の高橋さん（語源辞典くださった方。面識なし）、どうにかしてくださいよー。

それにしても、冒頭の『「不良中年」は楽しい』の中に、「老いては色欲にしたがえ」という章があるのだが、男に入れ揚げずに鯖に入れ揚げてちゃ道は遠い。軽はずみに磨きをかけるために精進する所存の私。え？　軽はずみと精進は結び付かない？　いいの！　ポンちゃんにとって、軽みとは、Just like cute humour to admire serious things. あ、勝手なようだけど軽はずみな男は許さなくってよ。

味わいは深く、淫らに、
香りは妖艶
贅沢に愛撫を施された
良質のマイルドビーンズから
生まれる、憂いある味わい。
ソウル通をうずかせる自信作です。
PONCAFE®
SOUL BLEND®
100% PON
©T.J.D.

夏のおでんで怪気炎

今日は、七月四日。去年、ポンチなアメリカ大統領がエイリアンやっつけてた独立記念日である。私の家のバルコニーから、基地の花火が良く見える。早速、冷えた白ワインを用意して、ひとり花火見物を決め込む私。華やかな夜空の下のささやかな孤独。つまみは、いかの塩辛。ち、ちょっとささやか過ぎかも。しかし、今夜のところは、これでがまんだ。昨夜は西荻で、翻訳家の小沢瑞穂さんに高価なワインをたかっていた私と幻冬舎の石原。最後には、自分ちで眠りこける石原をそのまま置き去りにして、彼のチノパンとTシャツを盗んで来た私。石原が着たという事実のみで古着に身をやつしたチノパン、結構、いい味出してるんだよね。いまだ捜索願も盗難届も出されていないようなので勝手に愛用するつもりである。同じく古着のラルフ・ローレンか何かと合わせて、私も、柄にもなくトラッドってやつやってみようかしら。

花火は素敵。夏休みって感じがする。近頃夏には海外のリゾートばかり行っていて、日本の夏をスキップしている私だが、昔ふうの日本の夏休みの過ごし方を実行するのも、また、おつなものである。花火とか、お祭りとか、川遊びとかさ。八月の福生《ふっさ》の七夕《たなばた》祭りには、久し振りに、夫のC・D（仮名）とでも出掛けてみようか。彼に浴衣《ゆかた》着せたらキュートかも。つんつるてんにならないよう母に特注して縫ってもらおう。しかし、問題は、三十センチの大足を持つ彼のための下駄《げた》だ。いったい、どこで調達出来るのやら。

あ、意外にいける夏の風物詩として、おでんの屋台なんてどうでしょう。この間、日曜の深夜、女友達と二人で吉祥寺をうろついていた時に発見した真実。夏には、おでん。なかなか良いもんです。

と、いうのも。

その夜、深夜二時に、バーを追い出された私たちは、ぶつぶつと文句を言いながら、吉祥寺の街を徘徊《はいかい》していた。御存じのように、吉祥寺の夜は早い。日曜日の夜ともなれば、なおさらである。

「ちったあ、私たちの都合も考えて欲しいよねー。まだ二時だぜ。新宿のつぼ八なんか二十四時間やってるのにさあ」

「私たちって避けられてるの？」

と、その時、サンロードの入口に、おでんの屋台を発見。早速、頭の中を、おでんと日本酒に切り替えて、おっちゃん、こんばんは。客は、私たちだけである。必然的に、しんみりする女二人。気分を明るくしようと私が言った。

「なんかさー、ちょっといいじゃん。屋台で女二人で、おでんとコップ酒だぜー。渋いよねー」

「……渋すぎだよ……」

ますます暗くなる女友達。よしっ！　と思った私は、立ち上がって力強くこう言った。

「解った！　私にまかせておきなさい。かわいこちゃんのひとりやふたり、ゲットして来てあげようじゃないの！」

で、女友達をひとり残して、私は、人っこひとりいない深夜のサンロードで、放浪の旅に出た。ところが、本当に、誰もいないのである。ふん、軟弱な街だぜ、と諦《あきら》めかけて、屋台に戻ろうとしたその時である。じゃーん、若者二人が、こちらに向かって歩いて来るではないか。正確に言うと、彼らは、私に向かって歩いて来たのではなく、ただ単に通りすがっただけなのであるが、すれ違いざまに、私は声をかけた。

「ねえねえ、私とおでん食べない？」

「はあっ⁉　お、おでんですか？」

「そう、おでん」

「自分ら金ないし」

「お姉さんが御馳走してやる」

「マジっすか？」

と、いう訳で、おでんと私の魅力（ほら、暗がりだったから）につられた若者二名は、私に手を引かれて、おでん屋さんに。

「かわいこちゃん二つ、おまちどお！」

私を見て、女友達は唖然《あぜん》としていた。

「エイミーって……エイミーって、何なの？　いったい」

何ですかねー。自分でも、馬鹿馬鹿しいことに関する行動力ってすごいと思う。この間も、ビル工事のかっこいい兄ちゃんにアイス買ってってあげたし。（仕様がないから、隣にいたじいさんにもね。人類平等は原則ですものね）

結局、その男の子二人と、屋台で話し込んで、いつのまにか、朝。電話番号もらったから、孤独な夏の宵にでも、連絡してみよう。かき氷食べない？　とか、何とか。とっても愉快な男の子たちだった。

そこで、読者諸君!!　私のとっぴな行動から、学んで欲しいのである。あーあ、夏だってのに恋人もいなくてよー、とか不平を言う前に、捨て身の精神を発揮してみたらどうだろう。おでん食べない？　のひと言で生まれる恋もありなのである。これだから、人生止められないよねー。と、翌日この話を、石原にしたら、そんな人間いねえよ、と言われた。そうかな。

それにしても、暑い時に、あつあつの食べ物も悪くないよね。漫画『孤独のグルメ』（久住昌之原作、谷口ジロー画、扶桑社刊）の主人公なら共感してくれると思うの。この本読んでいると、すっごくおなかがすいて来る。私の場合、孤独のグルメになり切れず、いつも人を巻き込んだりしてしまうのがはた迷惑なんですけどね。通りすがりのグルメを貫くのは、非常に難しい。

あ、通りすがりではなく、御予約グルメのためのおもしろい本を見つけた。有楽町アピシウス総料理長、高橋徳男さんという方による『メニューの設計図』（柴田書店刊）である。アピシウスと言えば、田中康夫ちゃんも絶賛する超ゴージャスなフレンチレストランであるが、堅苦しい本ではない。どころか、言葉の使い方が、とってもキュートなんだよね。たとえば、フランス料理の華、ジビエについて書いてあるところを勝手に引用させていただくが、

――ご婦人のお客にとくに多いのだが、

「今日は野うさぎのよいのが入りましたが、いかがですか」

とすすめると、

「かわいそー。それに気持ワルイ！」

などとほざく。

こういうのを読むと、私なんか嬉《うれ》しくなっちゃう。「ご婦人」と「ほざく」、このアンバランスを組み合わせるなんて、断然、好みだ。この本、随所に、こうしたやんちゃなフレーズをのぞかせながら、料理に対する謙虚さ、味に対する自信、レストランという空間への愛情、さらに、フランスの食文化に対する憧憬《しょうけい》を語っていて、素人の私にも楽しめる。圧巻は、カラスを食べてみたくてどうしようもなくなり撃ち落としてローストにして食っちゃう箇所。都会に棲息《せいそく》するハシブトガラスではなく、ハシボソガラスという種類だと言い訳しているのがおかしいけれど、なんと、ものすごい美味だったとか。ちなみに、あの美しい孔雀《くじゃく》は、おいしくないそうだ。食いしんぼう極めてる！　そう言えば、フランス人の友人が言ってたっけ。結局、フランス人の間で動物愛護は根づかないんだよ。だって、ジビエの季節の誘惑に勝てる奴らがいないんだからって。うーん、そうかも。私も、鳩やつぐみが大好きだもんなあ。

アピシウスには、仕事がらみの食事で一度しか訪れたことはないが、とてもおいしく気分良く時間を過ごしたのを覚えている。しかしながら、ナンパした兄ちゃんとおでん食ってるポンには、やはり敷居は高い。あーあ、どこかの素敵な殿方が、詠美のためなら、いつでもエスコートを買って出てあげるよ、とか何とか、ほざいてくれないかしら。夏ですもの。冷えたモンラッシェでも開けて涼みたいわよね。（↑結局、ほざいているのは私）こんな私の戯言《ざれごと》、誰も聞いてくれないのか、聞こえても知らんぷりをしてるのか知らないけれど、相手にしてくれないので、ひとり安ワインを飲みながら花火を見ているという訳。豚の耳のチップスも食べちゃお、ばりばり。この豚の耳のチップス、基地内のストアで売っているポピュラーな代物だが、日本では見かけない。豚の皮を揚げて、これでもかと言わんばかりに辛いレッドペッパーをまぶしてある。おまけに、ものすごく塩辛い。味覚が破壊されるくらいの強烈な味なのだが、食べ始めると止められない。私は飲まないが、ビールにとてつもなくお似合いなのでは？　そう、私は、ビールが飲めない。だから、せっかくの夏だというのに、ビアガーデンのお楽しみから見離されている。一度、ビアガーデンで枝豆なんかつまみながら、デートしてみたいものである。男の子の唇のはしっこに付いた泡を拭《ぬぐ》ってあげたりしてさ。もう、やんちゃなんだから、とか言う。きみも、もっと飲みなよ、と彼は私に勧め、私は、可愛いらしく断わるのである。えー、私、ビールそんなに飲めないのーとか、何とか。日本酒やワインなら一升はいけちゃうおれ様だが、ビアガーデンでなら生娘《きむすめ》の振りが出来るというものである。しめしめ。

生娘!!　すごい死語だ。レアな娘って、何？　近頃、良く使われるナマ足なんて言葉、私も大嫌いだが、丸ごとナマな娘は偉いじゃないか。この言葉の男性バージョンはないのだろうか。ナマの息子。なんか、サムの息子の親戚みたい。どうなんでしょうねえ、高橋さん。(先月号に登場いただいた辞典局の方。相変わらず面識なしだが、先月号を受けて「腹ぺこ」に関する長文の考察を送って下さった。余程の熱ポン党か、余程おひまなのか、どちらかではないかとお見受けした。どちらにしても、豊かな人生であることに違いはない。ハングリー精神よりも腹ぺこ精神！　これこそ熱ポン党である）

死語と言えば、この間、私は、某日本料理屋で、男性編集者五名と食事をしていた。その中のひとりが競馬で大儲《おおもう》けしたというので、調子に乗って、散々おいしいワインをいただいた後だというのに、突然、シャンペンで乾杯することになった。もちろん、支払いは、彼である。私は、男性諸君の片隅で相伴《しょうばん》にあずかっていたのだが、他のお客さんの手前、どうも気恥しくなって言った。

「ねえねえ、もしかして、これって怪気炎を上げるってやつ？」

「ですかねー」

「私たちって、羽振りがいいと思われてる？」

「……でしょうね」

ちょっぴり水を差してしまったかも。でも、羽振りが良いので怪気炎を上げるって、今時、すごいかも。八〇年代を復活させてしまった。おいしいシャンペンに、おいしい和食。やはり、競馬は素晴しい。私の担当編集者には、何故か競馬好きが多い。どんどん、ラックを手にして、こちらに還元してもらいたいものである。巨額の富を手にした暁《あかつき》には、私が、いつでも怪気炎を上げて差し上げよう。

ところで、私は、今、思い出すたびに身悶《みもだ》えして赤面している。と、いうのも、今月のなかばに、幻冬舎から対談集が刊行されるのだが、その対談ゲラを読み返して呆然《ぼうぜん》。私と来たら、大先輩の作家の方たちに向かって、ものすごーくくそ生意気な態度なのである。優しさに甘えて図に乗り過ぎてる。おい、おい、自分の男じゃないんだからさあ、と自分自身に呆れてしまうことしきりである。どうして、私って、やみくもに態度がでかいのだろう。で、反省しているのである。でも、図に乗るってのは、もう私の特性かも。この間も、パーティに出席する私を自分の車でわざわざ送り届けてくれた男の子にも、そんなに、私を送りたいのなら、いつでも送らせてあげてよろしくってよ、とか言っちゃって。ベンツの運転席で、彼、怒りをこらえてたみたいだけど、気のせいであることを祈るわ。偶然、ホテルのティールームでばったり会った男性編集者に、どうして、あなたは、いつも私を待ち伏せしているの？　と言って、怪訝《けげん》な顔されるし。こういう時、私は、相手のリアクションを見てから気付くのだ。あ、言う相手間違えた！　この図々《ずうずう》しさが、恋のお相手にも応用出来ると良いのだが。嘘《うそ》だろと言われそうだけど、恋をすると、私は、とってもひたむきな尽くし型。問題は、それが長続きしないこと。ま、ワンクール続けば良い方ね。どこかに、つけ上がらない男っていないのかしら。（これ読んで、殺意を抱く男友達が数名いることは想像にかたくない）それは、ともかく、私をつけ上がらせてくださった対談相手の方々には、本当に感謝している。対談集のタイトルは『メン　アット　ワーク』。一筋縄では行かない作家の男たちって魅力的だね。（と、こういう物言いが問題だってのは百も承知なんですけどね）

話は変わるが、今、どこの飲み屋でも、一度は話題に上るのは、あの性的不能治療薬バイアグラに関してである。この間も、パーティで、ある男性の作家の方が、ものすごく効いたよーと感動なさっていた。詠美ちゃんも、誰かに使わせてみなよーとおっしゃるので、私のまわりの男でそんなの必要としてる奴いないもんと言ったら殴りかかられそうになった。話を聞いていると、下半身の機能って、男の人たちにとって、ものすごい重大事みたい。うーん。こればかりは、くそ生意気と言われても良い。言ってみたい。それって、下半身以外のテクあってこそ役に立つ薬なんじゃないのか。へたっぴな奴に使われたら、それこそ何と言うか、ありがた迷惑なんじゃないのか。ま、私に心配されても、それこそ、ありがた迷惑でしょうけどね。でも、パーティでお会いしたその男性の作家の方は、何だか幸せそうだった。詠美ちゃん、絶対に、このこと書くなよーとおっしゃってたので、お名前は出しませんが、良かったですねー、〇〇さん。私も幸せな気持になりました。(……なんか、私も調子いい奴)

男と女って、おもしろいなあって思う。ちょっとしたことで幸せになったり不幸になったり。たいしたことないとこちらが思っていることが、人によっては重大事だったり、またその逆であったり。ささいなことで一喜一憂出来るって、悪くない日々だと思う。この間、私は、義弟を三十三歳の若さで亡くしたばかりなので余計にそう思う。呑気《のんき》でいられるのって、本当にありがたいことだ。であるから、私が、おでんで男の子を引っ掛けるという暴挙に出ても、決してこれを非難してはならない。ポンちゃんにとって、日々は、Looking for beautiful fireworks at a distance. あーん、また怪気炎上げたーい。

サッポンロ
ポン生
新発売
YAMADA BREWERY COMPANY, LIMITED
SAPPONRO
BEER
ポン生
©T.J.D.
350ml
350ml
標準小売り価格
¥198

雨ふりにはデートでもしよう

ある日の夕暮れのことです。銀行のキャッシュディスペンサーで現金を下ろしていた私を、黒人の男が羽交い締めにして囁《ささや》いたのです。

「金を出せ」

恐怖のあまりに口もきけぬ私の耳許で、男は、さらに続けたのです。

「さもなくば、このアイスクリームを食え」

あーれー。そ、それだけは、ご勘弁を。私は、甘いものが、でえきれーだ。どうしても、食べさせるつもりなら、その前に、イタリア料理か、フランス料理を食べさせて。ドルチェか、デセールとしてならいただいてもよろしくってよ。

と、アフリカ系アメリカ人の夫と買い物ついでに、こんな悪ふざけの出来る日本という国は、なんて素晴しいのだろう。ニューヨークでこんなことして遊んでたら大変。すぐさま、警察のパトロールカーが飛んで来ちゃう。アフターアワーズのクラブに向かう道すがら、口《くち》喧嘩《げんか》する私たちの横で、何度パトカーが急停車したことか。そのたびに仲直りせざるを得なくなり、手をつないで、にっこり、ご苦労さまのポーズ。スパイク・リーの映画、「ジャングル・フィーバー」にも、似たようなシーンがありましたね。日本は、安全で平和。と、こんなことを思い出したのも、深夜の中学生と大人たちによる討論番組を見たから。その中で、散々、制服は是か非かを真面目《まじめ》に討論していたから。制服。ねえ。それを廃止するか否かって、そんなに重要？　どっちでもいいじゃん、と私は思うけど。そんなに真剣に論じる問題かね。しかも、大の大人が、物解り良くしちゃって。と、同時に、目くじら立てちゃって。私は、制服が自由や自立心を奪うとは思わないし、かと言って、行儀の良い社会を作るとも思わない。可愛い制服は目の保養になるけど、ださい制服は目の毒だ。学校の制服より、私は、オリンピックの時の日本のユニフォームの方を何とかしてもらいたい。日本には、誇るべきデザイナーが大勢いるのにさ。今、活躍しているファッションデザイナーのほとんどは、中学生の時に、制服を着ていた人たちだと思う。制服の是非を議論するよりも、いかに制服を格好良く着こなすかに心を砕いて来たのではないだろうか。私の高校時代も、近所に私服の女子校があったけど、ちっとも羨《うらやま》しくなかったな。むしろ、学校と放課後のスタイルのギャップを楽しんでいた気がする。どちらにせよ、朝まで話す程のことかね。しおじじもあんなとこに朝まで座ってたら血圧上がっちゃうから駄目ですよ、もう。（あ、塩田丸男さんのことです。酔ったのにつけ込んで、時々、こう呼ばせてもらってました）

さて、学校で禁止されていたのに、どうしても身に付けたかったものが、私の高校時代にもあります。それは、ピアス。卒業と同時に、さっさと耳に穴を開けてしまった時は嬉《うれ》しかったなあ。私は、肉体を直《じか》に飾るものが好き。本当は、タトウも入れたいところだけれど、刺青《いれずみ》を入れたら、いよいようちに入れないという父の言葉を仕方がないので守っている、今はまだ、なんちゃっていい子ちゃん。あ、ピアスやタトウが好きだからといって、村上龍ちゃんの作品に登場するようなトラウマなんてみじんもないからね。この間も、自分で、二つのピアスも追加して、もう私の耳には、合計七個のちびのプラチナが輝いているのさ。嬉しくなった私は、早速、新潮社の小林イタコに伝える。

「なーんか、気分さえないからさー、自分で穴開けちゃってさー」

「……あのさ、詠美ね、もう高校生じゃないんだから、止めなよ、そういうこと」

言われなくても、もう止める。だって、もう開ける余地ないもん。これ以上やったら、お次は軟骨串刺し状態。さすがに、ボディピアッシングは悪趣味だと思うのでしない。(こっちって、龍ちゃんの小説みたいにトラウマ入ってるような気がする)

自分でピアッシングする余地がないから、という訳ではないが、幻冬舎の石原の家の飲み会で、立て続けに三人に開けてあげた。朝、石原が目覚めると、部屋の床には、ピアッサーの残骸が散らばっていたと言う。皆さん、きちんと、マキロンで消毒してね。

私は、男の子のピアスも昔から好きだ。男が、ピアスなんて付けやがって、という意見をお持ちの人も多いみたいだけど、似合えば良いと思う。時々、似合わないのにでかいピアス付けてる男の子がいるけど、冗談じゃないざんすよ。男のピアスとポニーテイルと髭《ひげ》は、絶対に人を選ぶんだからねっ!!（誰とは言わないけど、似合わないのに、これ全部やってる人、テレビで見るよね、げー）そう言えば、私の恋人だった男の子って、ほとんど、ピアスをしていたような気がする。どうしてかな？　こっちこそ、トラウマ？　小説の中に登場する男の子も、ピアスしている奴《やつ》ばかり。意識してる訳ではないので、きっと、私の中では、男の子とピアスは、自然に付いて来るものなのかも。世界で一番、ピアスの似合う男は、マイケル・ジョーダン。二番目は、ジャン・ポール・ゴルチエさま。三番目は……うーん、夫のC・D（仮名）ということにしておこう。（実は、私の七個の内の三個は、彼に開けてもらったのだ）

ところで、ピアスのまったく似合わない男たちプラスポンによって結成されている仕様もない団体、I・L・A・（しつこいようだが、IZAKAYA LOVERS ASSOCIATION）の集会が、浜松町で開かれた。何故《なぜ》、浜松町？　と疑問に思う方々と、あ、あ、あそこね、と納得する方々に分かれることは想像にかたくない。そう、知る人ぞ知る第一京浜のあの交差点の側の一画、午後の三時過ぎから、煙ぼうぼうの立ち飲みも出来るあの店ざます。この店のことは、私と同じ昭島市内に住む熱ポンフリークのゲイの男の子の手紙で知ったのだが、実はサラリーマンには有名な所だったらしい。尋ねると、ほとんどの人が知っていた。

（全部、男性だったが）えー？　そんなに有名なの？　と言う私に、営業に疲れた会社員のオアシスですよーと返す人あり。しかし、詠美さん、あそこにいたらおかしいだろうなーとおもしろがる人あり。これは、トライしてみなくては、と腰の軽いI・L・A・は、午後四時に出来上がっちゃう覚悟で、浜松町へ。まだ真昼。それに、すごい暑さ。なのに、お店は、ほとんど満員状態のオールモスト・パックト。ほんと、サラリーマンのオアシス、おいしい。そして、超安い。すっかり大満足のなんちゃってサラリーマンとなんちゃってOL。

（私のことよ。迷彩柄のタンクトップ着てたけどね）

御機嫌のほろ酔い気分で店を出ると、まだ午後五時。明るい。うー、これから、どうしたらいいんだ、おれたちは。日没よ、急いでくれーっ。と叫びながら、会社帰りの人混みの間を彷徨《ほうこう》するI・L・A・。夜型人間は途方に暮れるのであった。しかし、いつもと異なる時間帯に、はしゃいでいたのも事実。わーん、堅気じゃないのに、あんなとこに入り込んで邪魔してなかったかな、と心配になった私は、メンバーのひとりに尋ねた。

「ねえねえ、私みたいな妙齢のかわい子ちゃんが、あんなとこで浮いてなかったかなー」

「……。席に着くなり、あ、私、日本酒の冷《ひや》、コップでね、それとくさや、なんて頼む女、いませんよ、もう。何を今さら言ってんだか、あんたが一番、あそこにおさまってたよ」

くさやの似合う女？　ちょっぴり悲しいけど、私は、くさやが大好き。若かりし頃、新島《にいじま》に長期滞在していた私は、夕方、海から戻って民宿の庭でくさやを焼くのが日課だったんですもの。久し振りに食べたくさやは、やはりおいしかったけれども、東京にやって来るのは保存状態を良くするためか、少し塩が利き過ぎてるのが残念なところね。新島で、まだコパトーンの匂いの残る夕方に、七輪、うちわであおいでた青春が懐しいわ。今、新島ってどうなっているんだろう、あの頃、サーファーばかりたむろしてたけど。もう二十年以上前の話ですけどね。懐しいな。私は、懐しいと感じる瞬間が大好き。なんたって、記憶フリークですもの。くさやさん、素晴しいひとときをありがとう。その内、また食って差し上げるわ、ばきばき。

懐しいと言えば、この間、懐しい新宿のジャズ・バーで男の子と待ち合わせてデートした。大学の頃、良く来ていた店だ。たまに、編集者とも打ち合わせに使ったりするが、ほら、やはりデートともなると、色々、感傷的な気分も湧《わ》いて来るという訳。男の子と待ち合わせって良いよねー、どきどきする。(男性編集者を除く)しかも、その日は、大雨。ジャズ・バーを出てから、濡れないようにひとつの傘の下で寄り添ったりしてさ。駅に続く地下道への階段を気づかわれながら降りたりして。ま、相手の男の子は、年寄りを労《いたわ》ってたつもりだったかもしれないけど、そんなの、こっちは知ったこっちゃないわ。駅で切符を買ってもらうのも嬉しい。年上の女を幸せにするのなんて簡単、簡単。でも、私が飲める炭酸は、ドン・ペリニヨンだけよ。(久々に、ナオミ・キャンベル登場)

この間、ジムの帰りに、女友達と二人でコンビニに立ち寄った時のことだ。レジの前の花火コーナーで、学校帰りの中学生の男の子と女の子が、何やらひそひそと話している。会計の順番待ちの列に並びながら、早速、聞き耳、盗み見のテクをフル活用するポン。

「どの花火が良いの？」

「うーん、〇〇くんはどれしたい？」

「××ちゃんの好きなのにしてあげる」

「私だって〇〇くんのしたいのが良い」

「××ちゃんは、こんなのが好きなんじゃない？」

と、埒《らち》があかない問答をくり返しながら、控え目に指を絡ませ合ったり離したり。はー、羨しい。これから公園にでも行って二人で花火するんだろうなあ。ロマンティックだねー、などということを外で待っていた女友達に伝えたら、彼女は溜息《ためいき》をついて言った。

「……私、一度も、そういうことしたことない。手をつないで、どきどきしたこともない。してみたい。でも、もう遅い」

「えー？　嘘《うそ》でしょ？　私、今でもするよ」

「エイミーは、しそうだよね」

「するよー、やっぱ。雨やどりしながら、どちらからともなく手をつないだりしてさ、そんな時、ただ二人で雨をながめているだけで、ロマンティックじゃん」

「ううう、私には一度もそういう経験がない」

「気付いたら、いきなりベッド?」

「そればっかり。外で、べたべたする男とつき合ったことない」

「ほんとー? 私、べたべたしない男って好きじゃないなあ」

 二人きりでべたべたするのって、無制限で、これはこれで楽しいけれども、外でべたべたするのも、制限ありだからエロティックのような気がする。もちろん、この制限を取り払って人前でするのは、しっしってなもんだが、どうしても滲み出てしまう思いはいいよ。大人になると物事、合理的に考える癖が付いてしまって、そういうのは部屋に帰って二人きりでしろ! などと正論を述べてしまいがちだが、それってつまらない。かく言う私も、件のコンビニの中学生の会話を、埒があかない問答などと表現してしまっているが、あの二人の会話、「花火」のひと言を別なものに言い替えたら、ベッドの語らい、そのものじゃない? 花火という名詞で封印した発情期のコミュニケイションだと思う。くーっ、いいな、いいな、チュー坊のくせに。夕立ちが来て、花火なんか出来なくなるかもよ、ふん。でも、雨が降れば降ったで、こういう場合、いいのよね。小学生の頃、石坂洋次郎の『山のかなたに』を読んで、にわか雨の中でのキスシーンを真底羨しいと感じたおませさんだった私。三十年前に読んだきりで、うろ覚えだが、確か、主人公の女は、それを「お魚のキス」と呼んでいた。クラスの女子に、その感動を伝えたくてたまらなかったが、天ぷら用の魚か何かと勘違いされるのがおちだと思い、ひとり憧れを抱いたままだったのだ。で、ようやくキスもセツクスも普通に話題に出来る年齢になってみると、ことさら話すことでもないよね、とロマンス通り越した具体的な話になっちゃう。うーん、お魚のキスの時代に、私だけでも戻ろう。雨ふりにはミステリーでも読もうと言ったのは、植草甚一先生だが、私の場合は、あくまで、雨ふりにはデートでもしよう。と、いう訳で、前出のジャズ・バーでの待ち合わせに話は戻るのである。男の子とお酒とジャズの組み合わせはいいね。人生を楽しくさせる。これは、大昔からそう。この三種の神器さえあれば、雨ふりだって、台風だって、宿題だってへっちゃらだった。だから、常にこの三つに囲まれていれば、原稿だって、すーらすら書けちゃって、寡作な作家から脱出可能だと思うのだが。え？　怠惰に拍車がかかるだけ？　うーん、それを言われるとつらい。

この間も用事があって宇都宮の実家に里帰りしたのだが、するべきことを後回しにして、畳の上にごろごろ寝ころんで本ばかり読んでいる私の側で、姪《めい》のかなと私の母が話していた。

「ママリン（私の母の山田家での呼び名）、ママリンが、エイミーを産んだんでしょ？」

「そうだよ」

「ねえ、こんなエイミーになっちゃって良かったわけ？」

こんなって、どんな？　ごろごろは、デート同様、私のライフワークなのである。最近、姪たちにもたしなめられること数知れず。もっと、真面目に生きようっと。と、ここまで書いたら、男友達から電話が入り、おれ、昨夜、駐車場で人妻とセックスしちゃってよーとか言ってる。そしたら、そこんちの親父に、うるせえって怒鳴られて途中で止めなきゃいけなくて気分悪いったら、云々……。けだものか、おまえは。もう、知らない！　私だけ真面目になんて生きなーい。と、やけくそになっていたら、またもや電話が入り、今度は、女友達が、彼氏に口でしてあげてたら、歯を立ててくれって言うの、フェチ入ってると思わない？だって。そんなこと、私に聞くなよ、もう！　私は、お魚のキスに思いを馳《は》せてる夢見る乙《おと》女《め》でいたいのに。私の友達と来たら、どいつもこいつも、即物的なんだから。ポンちゃんにとって、ロマンスとは、Hold it tight when I find it out. の心掛け。雨の日専用の男の子になってくださる方、お手紙お待ちしてますわ。私は、歯なんて立てないから安心よ。ピアス開けたげる。

和楽器を求めて…

第一回——鼓（つづみ）

南の島で楽しみよこんにちは

南海の孤島から、実家の妹に電話をすると、彼女はこう告げた。

「お姉ちゃんたちが帰って来る頃には、日本、なくなってるかもしれないよー」

北朝鮮からミサイルが発射されたとか。がーん、私たちが、陽ざしの下で酒と惰眠と読書にうつつを抜かしている間に、そんな緊急事態が勃発《ぼっぱつ》していようとは。ざわめく、幻冬舎の石原と新潮社のサノ。今回も旅の道連れはこの二人である。去年は、夫のC・D（仮名）も同行したのだが、今年は仕事の都合でパス。謎《なぞ》の三人組は、マニラからセスナ機で、美しい小さな島に向かったのであった。ゴージャスなホテルがひとつだけ。ほんと、それだけ。お忍びという言葉があれほど似つかわしい島もないが、この三人組が忍んでどうする。例によって、私たちだけが飲んだくれて風紀を乱していたような気がする。

それにしても、ミサイルとは。さすがに、呑気《のんき》を極めていた私たちも不安になる。石原が、ぽつりと言った。

「サノー、どうする？　帰って、ポストに赤紙入ってたらさー」

「やです、そんなの。戦争、行きたくないです」

ふん、とせせら笑う私。

「いいじゃん、別に。悲しんでくれる女もいないんだからさ」

「そんな……ひどい……」

日本人の若者にとって、戦争なんてまるで日常語ではない。ほとんどの国の若い子たちは、一度は、戦争について考えざるを得ないというのに。かくいう私も、元軍人の妻でいながら戦争について真剣に考え、恐怖を覚えたのは、湾岸戦争の時が初めてだった。身近な人間が、実際に戦争に行くかもしれない可能性を持った時にしか、本当の恐しさは理解出来ないと思う。新宿のバーで飲んだくれてる文学者の御意見なんて聞きたくもなかったね、あの時は。

それはともかく、帰国しても、日本はあったのでひと安心。あっという間に、秋の気配が漂う季節になっていたので、こんがり灼《や》けた肌を見せる機会もなくて、少し残念だ。雨期とは知らずに行ってしまったフィリピンだったが、連日、上天気。石原など、歩行困難になる程のサンバーン状態。せっかく持参したギターもあまり出番はなかった。静寂とプライバシーのためだけのホテル。シーズンオフのせいかゲストの姿もほとんど見えない。砂浜に寝ころび、サガンなんかを読み返す私。ここは、サントロペ？　ものうさと甘さとがつきまとって離れないこの見知らぬ感情に、ラッキーという軽々しい、お茶目な名をつけようか、私は迷う。（新潮文庫の『悲しみよこんにちは』を勝手に改竄《かいざん》）海は、あまりにも静かで澄んでいる。私は、男たち二人に言った。

「ねえ、ねえ、私のこと、今からセシルって呼んでもいいよ」

二人共、返事をしない。石原は、私の勧めた花村萬月さんの『ぢん・ぢん・ぢん』を、サノは、これまた私の勧めた松野大介くんの『芸人失格』に夢中である。私は、もう一度言った。

「別に、アンヌとか、ベアトリスとかでもいいよ」

「うるさい」

ち。解りました。私は私で、勝手に殿方を見つけてセシルと呼ばせてみせるわ。と、思って、砂浜を歩くのだが、ほーんと、人っこひとりいないんだよね、これが。かつて、アカプルコのビーチで、セニョリータと呼ばれて、ちやほやされ続けた私としては、なんかつまんない。と、その時、気が付いた。この島は、あらかじめ男を調達して連れて来るべき場所なのだ。あーあ、それなのに、男であって男でない生きもん二匹も連れて来ちゃってさー。お馬鹿さんな私。ばかばかばか。しかし、ここまで何もない島だと、相手との相性の良し悪しが歴然としそう。現に、ダイニングで見かけたカップルなんて口もきいてなかったものね。結婚前に、アクティヴィティのないこの島に滞在してみるのも良いかも。それでも楽しかったら、もう結婚しちゃうしかない。二人で、この静寂をいつくしむことの出来る程のロマンスに心を溶かすなんて、最高に幸せであろう。

　で、ロマンスから見離されている私たちの夜は、酒とドミノで更けて行く。サノなんか、私と石原に十万円もまき上げられちゃって、たちまち貧乏人。えーい、飲んでやる！　のどん底状態と化していた。それにしても、私の一生の不覚は、マニラの税関で、こいつと夫婦に思われたことである。あー、やだやだ。東大英文科を卒業していながら、まったく英語の話せない困ったおぼっちゃんと間違えられるなんて、まったく、悲しみよこんにちはである。私の好みは、ストリートスマート。彼ときたら、石原にパスポートをすられても、私に、財布を盗まれても、まったく気が付かない程の脳天気。（ま、やる方もやる方だが）私たちが付いていなかったら、身ぐるみ剝《は》がされて、今頃、マニラでタクシーの客引きやってたかもしれない。で、そんな彼の改造計画を立てた私と石原。余計なお世話？　ううん、そんなこと、ない。これは、この先、生き馬の目を抜く厳しい出版業界で生きて行く彼への愛のムチなのである。生き馬の目？　何で抜くの？　早速『暮らしのことば　語源辞典』を引く私。な、ない。どういうことでしょう、高橋さん。（辞典局の方。相変らず面識なし）

　さて、改造計画の手始めとして、私は、伸びっぱなしのサノの髪形を変えることにした。乗り継ぎのマニラのホテルで、実は、既に鋏《はさみ》を購入済みであったのである。へっへっへっ。砂浜で鋏をかざして、片手バルタン星人になる私。足許に映るその影に驚愕《きょうがく》するサノ。ちょきちょきちょき。あ、切り過ぎちまったぜ。でも大丈夫。片方切り過ぎたら、もう片方も切れば良いことですもの。

「あ、あのう、ものすごく乱暴に切ってませんか？」

「そんなことないよー」

「まっすぐにそろえないで下さいね。ぼく、昔、まことちゃんとか言われたんです」

「まことちゃん？　どっちかって言うと、金正日かなー」

「そ、それだけは止めて下さい」

などと言っている間に、素晴しくスタイリッシュなヘアスタイルが出現した。私って才能ある？　ヴィダルサスーンも真っ青だわね。横目で見ていた石原も頷《うなず》く。

「サノ、全然、良くなったよー。そろってないけど、おれのムースでごまかせば平気、平気」

「マ、マジですか？」

「サイパンの床屋よりましだよー」

何年か前、石原は、サイパンのホテルの床屋でひどい目にあったのである。

「うー、日本に帰ったら、すぐ床屋行って、島の人に切られちゃったんですって言おう」

「なーに言ってんの。編集者の髪まで切ってやる心優しい作家なんて、山田詠美だけだよ。あー、良いことした後って気持良い。したがって、もっと切らせろ」

と、いう訳で、髪形だけは到着時と別人のようにスマートに変身したサノである。しかし、嫌がる彼の頭を押さえ付けたたたりであろうか。私は、真夜中、ホテルの部屋で恐怖の体験をしたのである。

私は、いつも、枕を横抱きにした格好で眠るのだが、その夜、異様な気配に目が覚めると、私の枕を腕から引き抜こうとしている人がいる。ぎょっとして、私が、力いっぱい枕を抱き締めると、今度は、ものすごい力で、その枕を奪い取ろうとするのである。後は、枕の引っ張り合い。持ち上がる枕のはしをつかむ手が、どのようなのかはとても恐くて見ることが出来ない。もう駄目だ、と思った瞬間に、ベッドが揺れ始めた。地震だ！　それも、すごく大きい！　逃げなくてはと思った瞬間に突然の金縛り。それも、二度、三度と金縛りが続くのである。しばらくして、ようやく落ち着いて時計を見ると、午前四時。ああ、恐かった。

と、いうようなことを翌朝、隣のコテージに泊まっている二人に伝えた。すると、サノが怯《おび》えたように言う。

「ぼくも朝まで寝られなかったんです。うなり声が、ずっと聞こえていて……」

ええっ⁉　サノにもたたりが？　しかし、何故、サノにたたりが。日灼け疲れで熟睡していた石原は何も聞かなかったと平然としていたのだが、次の夜、今度は、二人そろって、恐怖の体験を。

散々、私の部屋で、他愛ないお喋《しゃべ》りに興じて午前三時、彼らは、暗闇の中を歩いてコテージに戻って行った。ドアの鍵を開けようとしたその時、内側から、パーティでもやっているような陽気な騒ぎ声が聞こえて来たのだと言う。それも、かなりの大人数で。思わず顔を見合わせた二人。あんまり恐いんで、石原さんに鍵渡して開けてもらったんです、とは、サノの言葉だが、石原が意を決してドアを開けると、そこには、いつもの静寂が広がっていたのだそうだ。コテージとコテージの間は、とても離れていて、隣の音など聞こえる筈《はず》もない。それどころか、静けさを売り物にしているこのホテル自体に音がないのだ。うひょー、こえー、と大騒ぎする私たちが、一番、うるさいゲストなのである。

「でも、この島って無人島だった訳でしょ？　なんのいわくもない筈なのに」

「きっと、元々、島に住んでた精霊とかなんじゃない？」

とは言ったものの、私が目覚めてしまうのは、必ず午前四時。男の叫び声で、はっと起きて恐る恐る時計を見ると、やはり四時。戦争中、この島で何かあった？　彼らの部屋の電気が、ずっと点滅していたこともあったと言う。変な夢は沢山見るし。しかし、一番、不気味だった夢は、大沢在昌さんが、いきなり登場して、こう言ったやつだ。

「詠美ちゃん、この竹刀《しない》、使っていいよ」

うおーっ。竹刀で、いったい誰を殴れと？　どうして、大沢さんが竹刀を？　フィリピンの孤島のどこに竹刀が？　訳わかんなーい。まあ、いいや。休暇ですもの。何でもありよ。と、すっかり開き直って戻って来たのである。サノが帰国後、改造されたか否かは定かではない。英語の勉強をするつもりです、と帰りの飛行機で決心してたみたいだけど、ああ、東大って何？　英文科って何？　そう言えば、仏文科出て、全然、フランス語を話せない奴ってのも私は知っている。こうなったら、日本の語学教育について考え直すべきであろう。ちなみに、サノの卒論は、トマス・ピンチョンだって。嘘《うそ》だろ？　ふっふっふ。次の旅行でも、また鍛え直すしかないね。あー、腕が鳴る。ぼきぼき。

そう、私は、とっても、面倒見の良い豪気な女。この間も深夜にバンから降りて、追っかけて来て、しつこく私をナンパしようとしたぼうやのほっぺをつねってやったわ。だって、可愛いかったんですもの。どうやら、よこしまな欲望を抱いていたみたいだけど、私の奇襲に呆《あ》っ気《け》にとられて言ったことには、

「こ、こ、子供扱いして……お、おれ子供じゃないぞ。子供じゃないんだから!!」

だってさ。かっわいー!!　と言い残して立ち去る私を見詰めるばかりだった。ふん、私に悪さをしようなんて、十年早いんだよ。でも、本当に、キュートな男の子だった。場所が、あの浜辺であったら、どうなっていたか解らない。セシルは、昭島市でナンパされるべきではないというのが、私の矜持《きょうじ》である。はぜどんが何をぬかすか、と言われそうだけど。

ところで「はぜどん」って何？　ある男の子が、私を見るたびに、「はぜどん」みたいな唇しちゃってと言うんだけど。もしかして、オバQみたいなキャラクター？　どうせ、部厚い唇なんでしょうね。唇のことをからかわれるのは、もう慣れっこだからいいんだけどさ。

タラコは言うまでもなく、どびんの口とか、ドーナツとか、なめくじ二匹とか、南極二号とか、笑われ続けた私の唇。ふっ、肉体にメタファーが数多く存在しているなんて、文学者としての面目躍如ってものかしら。描写せずにはいられない気持も解らないでもないわ。ドーナツの穴にあるのは真理よ。これ、秋里和国の漫画の受け売りなんだけどさ。それにしても、「はぜどん」って、どんなキャラクター？

あ、キャラクターと言えば、その男の子と、ある夕方、下北沢を散歩していたら、通りがかりのゲームセンターのUFOキャッチャーに、大きなピカチュウがいた。

「お、すげー、こんなでかいの取れるのかなあ」

「おとりだよ、おとり」

と、言いながら、覗《のぞ》き込む私たち。その瞬間、笑い転げる私たち。身長三十〜四十センチはありそうなピカチュウについたラベルには、こう書いてあった。

「実物大」

……実物って、何？　どこに、実物がいるんだよー!?　笑わせるんじゃねーよ。でも、可愛いよ、この発想。だから、下北沢は好きなのさ。

ついでに言えば、最近、また吉祥寺も好きになって来た。昔、大学時代を過ごした街。学校を止めて、中目黒に引っ越してからは、赤坂、六本木に入りびたっていて、足を踏み入れることもなかったけれど、数年前からの七〇年代ブームで、またもや復活。実は、吉祥寺に仕事場を作ろうと計画中なのである。ちょっとだけ、アングラってのも良いかも。ヒッピーの世代には追いつけなかった私たちだけど、気分だけは、街のナチュラリスト、心はヒッピーよ。これ、西村しのぶの漫画の受け売りだけど。（しかし、最近、漫画ばっか読んでるな）心はヒッピーって、とっても自由な感じがするけれど、現実は甘くない。ちぇっ。この間も、文芸誌の対談で、花村萬月さんと、言いたい放題のこと喋ってたら、さる大文豪からクレームがついたらしいし。純文学の世界では、作家の創作に対する姿勢や、その作品について、否定的な意見を言うのなんて日常茶飯事。出版社の上の人間に謝らせるなんて考えられないことだ。私なんて、何を言われたって、もう平気だね。だって、豪気なナチュラリスト志望ですもの。やんちゃでいたいよ。ポンちゃんにとって、自由でいることは、I have fun with solitude in the beautiful small island. に似てる。そして、時には仲間付き。床屋開業をここに宣言する。来たれ、実物大!!

今秋開業
バーバーポン
（九時〜一九時）毎週月曜、第二火曜休
チョキ
チョキ
チョッキンナ〜

たわ言はライフワーク

「山田家のファミリー旅行で、新幹線に乗って、〈よねはら〉で乗り換えて〈あしはら〉温泉で一泊するの。行ったことある？」

私の言葉に女友達は首を傾《かし》げて言った。

「ない。それどこにあるのかさっぱり解らない」

「日本国内もたまにはいいよ。あんたももっと、日本を知らなきゃ」

と、少しばかり得意な気持になるポン。東京駅で待ち合わせた父に、このことを告げると、彼は呆《あき》れ果てたような表情を浮かべた。

「それは、米原《まいばら》乗り換えの芦原《あわら》温泉のこと？」

……。もっと、日本を知らなきゃいけないのは私であった。近頃、私はつくづく思う。私って、知らないことが多過ぎるのではないだろうか。もっと勉学に励むべきなのではないだろうか。知識が片寄り過ぎているのではないだろうか。思いつきばかりに身をまかせてはいないだろうか。来年で三十代も終わっちゃう。こんなことでは、いっかーん！　で、今年の残りは自己反省のために日々を費す所存である。心を引き締めて、温泉帰りに永平寺《えいへいじ》にも寄っちゃったもんね。若い修行僧たちの姿を見て、ストイシズムに目覚めたというわけ。永平寺内を山田家のじじばばたちと一緒に歩いて案内してくれた修行僧の男の子は、とってもハンサムで、私と妹のゆきは、早速、にわか永平寺フリークになった。今年の「ゆく年くる年」は見逃がさないつもり。お昼には、おいしい精進料理もいただいちゃって、ふふ、ストイシズムも極めれば快楽主義と同じよね。ああ、それなのに、何故、帰りの新幹線の車中で、ワインなんか飲み始めてしまったのだろう。幕の内弁当をつまみにしたりして、どこかのおやじみたい。また、だらけた生活に逆戻り？　ううん、そんなの信じない。三国《みくに》の記念館で、高見順や三好達治に思いを馳《は》せたわたくしですもの。「三国を訪れた文学者たち」というコーナーの前で、この欄に、山田詠美とかいう名前載ってたらものすごーく違和感あるよねーと、妹のゆきにからかわれたって気にしない。再現された高見順の書斎の前で、エイミーの部屋は、大掃除しなきゃねーと、姪《めい》のかなに笑われたって平気。だらけた物書きの人生から足を洗って見せよう。でも、見せるって、誰に？　物書きは、見せ場が仕事と同時進行じゃないから嫌になっちゃう。と、ぶつぶつ今宵も机に向かって、ぺんてるのサインペンを走らせている次第である。ぴたりと決まった文章書いても、誰も、ゴール!!　とか言ってくれない。地味だ。特に、田舎《いなか》にこもっている私のような物書きは、放っておくと、どんどん地味になっちゃう。お出掛けは、イトーヨーカドーだけ、なんていう一週間はざらである。

「あ、そこのマイケル・ジョーダンのお嬢さん（ジョーダンのキャップかぶってたので）、さんま、安いよ」

なんて、鮮魚売り場で声をかけられて、ま、お、お嬢さんですって!?　とささやかに喜ぶ夕暮れ時。幸福って、こういう日常にこそ存在するのである。さんまで秋の訪れを感じる、これぞ庶民の幸せの醍醐味《だいごみ》である。

なんて、ね。冗談はよせ。私は、庶民なんて、しみったれた言葉は大嫌いなのだ。テレビのニュースで、庶民の血税を、なんて憤っている人を見ると、けって思う。血税という程、税金払ってんのかなあ、もう。あ、庶民同様、私の大嫌いな言葉に、大衆というのがある。なんだか、どちらも貧乏臭い言葉だ。私たち庶民は、とか、私たち一般大衆は、などと御意見を述べ始める人々って、結局、自分に責任取ることから、うまい具合に逃げているような気がする。私は、貧乏でも庶民でない人が好きだ。庶民的ではありたいけれども、大衆のことなんか知らない。そう、私は、インディヴィジュアルに地味な女。庶民だからさんまを食すのではなく、さんまを愛しているから、塩焼きか、刺身か、はたまたソテーして、スパゲッティーニと混ぜるか、そう思い悩む人になりたい。

しかしながら、さんまの料理方法に関して、あれこれ思い悩むのにも飽きたので、パリで知り合ったアーティストの個展に出向き、ついでに、おいしい夕食と楽しいお喋《しゃべ》りにうつつを抜かして来た。ゲイの彼と男の話をしているとあっという間に時が過ぎちゃう。長年暮らしてたパリの生活に終止符を打ち、日本に戻って来たのも男のためだと、彼は言う。ところが、帰国してしばらくしてから、その男に振られてしまい、傷心の日々を送らざるを得なくなった私の友人Aくん（仮名）。ち、誰のために帰って来たと思ってんのよ、ふんっ!! という寂しさを紛らわせるために、彼は、毎日、散歩を日課にしていたそうだ。その日も同じように散歩コースを歩いていたところ上から熱い視線が。も、もしや、と思い振り返りざまに上を向くと、電柱の上で電気工事中の男と目が合い……それからつき合っているそうである。ひゃー、羨《うらやま》しい!! もしかして、野郎系？ という私の問いに答えることには。

「そうなの。顔は、ちょっと中上健次入ってるんだけどさあ」

中上さんに似てるゲイ……。ま、深く考えないようにしよう。しかし、これって、まさに、恋に落ちるって感じよね。あーん、私も、散歩の途中で、男降って来ないかしら。島田雅彦の小説で『天国が降ってくる』ってのがあったけど、まさに、これってそうよね。自分ばっかりいい思いして許せない。彼の体っておいしいのよーだってさ。髭面《ひげづら》で、そんなこと言うな、こら。

なんだか知らないけれど、私は、ゲイの人に良く好かれる。たぶん、下手な謙遜《けんそん》をしないからであろう。彼らもそうだ。謙虚は美徳だが謙遜は悪徳の私たち。私と彼らの会話をある種の人が耳にしたら、のけぞってしまうかもしれない。たとえば、私のゲイの友人のひとりはこう言う。

「ふん、私と視線を合わせて、ものにならなかった男はいなかったわね」

だから、私もこう返す。

「ふん、私が息を吹きかけて、キスしたくならない男はいなかったわね」

で、二人で身悶《みもだ》える。

「あーん、どうして、男は、私たちを放っておいてくれないのー」

ほとんど、悪い冗談の域なのだが、通じない人の前ですると悲劇である。特に、謙遜は美徳が信条の人はマジになっちゃう。

この間、ある女性のエッセイを読んでいたら、謙遜しながらも、結局は、他人に誉《ほ》められたというところに行き着いているのがあって、とても驚いた。どうして、あんなにも、まどろっこしい書き方をするのだろう。人に誉められて嬉《うれ》しい、と書けばすむことなのに。と、考えて、その文章の違和感の原因が解った。他人に自分の言いたいことを代弁させているからである。私は、昔から、「私は○○が嫌い」と言わずに「私はどうかしらと思うんだけど、あの人は○○を嫌い、と言っていたよ」などという物言いをする女が苦手だった。これって、おやじの良く使う「いかがなものか」と共通するものがある。

私のところに来る手紙で困ったものだと思う種類のひとつに、こういうのがある。

「友達の○○や××は、山田詠美なんか大嫌い、何故なら……（この間、延々と悪口）……と言っていますが、私は、山田さんが好きです」

う－。○○や××って誰だよ。知らねえよ、そんな奴ら。そんな前置き、ちっとも効果的に働かないのに。そう言えば、前に、きみの作品は、批評家の○○や××には全然評価されてないけど、ぼくは良いと思ってるよ、とある男性に言われたことがある。ああ、そうですか、ありがとう。でも、ちっとも嬉しくない。○○や××には全然評価されていないよ、で終わっていれば、あー、そうなんだよね、と素直に相槌《あいづち》が打てるのに。もしくは、ぼくは、きみの作品良いと思ってるよ、でも、○○や××には評価されてないよ、と言われれば、どうすりゃいいのかなーなんて相談出来るのに。そういや、件《くだん》の女性のエッセイも、自分が誉められたことの前置きに、すごーく、控え目に、ある種の女たちを批判していたっけ。ネガティヴな事柄で、間接的に自分を引き立てるって、なんか日本的だなーって思う。引き立て役を必要とする人たちって、私から見ると胡散《うさん》臭いけれど、実は、そういう人たちの方が、控え目とか言われて好かれちゃうんだよね。だったら、女は私の引き立て役とか公言してるゲイの友人の方が、すっきりしてて気分いい。ようく見てごらん。あなたの周囲にもいませんか？　こっそり、誰か、あるいは何かに、自分を引き立てさせている人。

と、このようなことを言っていながら、私自身は、引き立て役にされるのが決して嫌いではない。特に、男の子を引き立ててあげるのは大好き。私は、これでも男を立てる女。あ、ものすごーくおやじ臭い話で恐縮なのだが、この間、昼間のワイドショーを見ていたら、男は、どういう女の態度にぐっと来るか、のような特集をやっていた。色々な街頭インタビューの後、レポーターの若い女性が、まとめに入ってこう言った。

「やはり、男性は、男を立たせる女が好きなようです」

そりゃあ、そうだろ。気持良いもんなあ。と、ひとりでつっ込み、その後、ものすごーく恥しくなった。いかーん、私ったら、すっかりおやじになってるう。ゲストの男性たちは、皆、もっともらしく神妙な顔で頷《うなず》いていたが、そのリアクションもおかしくて笑っちゃった。言い間違いに気付いて無視したのか、それとも、本当にその通りと思っていたのか。知りたいところである。私だったら、どちらもお望みのままして差し上げる。三歩下がって付いて行くのも平気。飽きたら、後ろから蹴《け》りとばせばすむことですもの。ほら、男ってすぐにいい気になるから。昔、山田詠美は、おれのかましアイテムとかほざいてた若造がいたけど、これ、私ごときでかませる連中を相手にするでない。

と、ここまで書いて日付けは変わり、私は宿酔《ふつかよい》である。昨夜は、新しくこの熱ポン担当になった金田くんと明け方まで飲んだくれてたのである。校了も近いというのに、作家に酒を与えた編集者は、自ら墓穴を掘って、やきもきしている筈《はず》である。金田くんは、私が作家になる前に、私の取材をしに来た第一番目の編集者である。あの時は、よくも私のＳＭクラブ勤めをフライデーですっぱ抜いてくれたわね。十四年後の仕返しとして、原稿落としてやろうかしら。そう、私は、とても執念深い女。宿酔の時は、特に根性が曲っているのである。ああ、いけない。私は、男を立てる女。でも、男性編集者は私にとって男であって、男でない種族。かまうもんかい。不貞腐《ふてくさ》れて、も一回、寝てやる。と、思っていたら催促の電話が。

「どうでしょう」

「あと五枚」

「……昨日も、あと五枚って言ってましたよね」

そう。いつまでたっても、私の原稿は、あと五枚残っているのさ。つまり、全然進んでないってことね。ほーほほほ。あの時は、よくも、にせもんのM男を差し向けて、私を指名させてくれたわね。ま、思いきり鞭《むち》でぶん殴って逆さ吊りにしてやったからいいんだけどさ。ふん、元女王様とこんな形で関わり合いになってしまった編集者としての運命を呪《のろ》うべきね。もう書かなーい。と、言いたいところだが「熱血ポンちゃんは二度ベルを鳴らす」は、さようなら。「熱血ポンちゃん」シリーズは永遠に終わらない恐怖の連載。締め切りのある仕事をしない主義の私を唯一拘束するものなのだ。仕方がない。十四年前のことは水に流しましょう。でも、その水は、バケツに貯めてとっておくつもり。ぶっかけられないようにに、お気をつけあそばせ。

ところで、この原稿をのらくらと書き上げる予定の私は、その後、若者とデートである。久し振りに、男の子の引き立て役になっちゃおうっと。その日は、彼のバースデイ。プレゼント用に、ポール・スミスのカフスボタンを買っちゃった。きっと、彼の手首を引き立ててくれるであろうとってもキュートなやつ。私は、アルマーニなんか着てる男より、ポール・スミスのお茶目の似合う男が大好きだ。でも、案外いないんだよね、これが。ニューヨークなんか行くと、地味な事務服着たあんちゃんが、ポール・スミスの派手なネクタイ締めて、世界を自分のものにしてる。そういうスタイルに出会うと、こちらも嬉しくなってしまう。ゴルチエを着た私と手をつないだりしたら、これはもう、イギリスとフランスの友好条約よね。ロンドン・パリ間のエクスプレスが、アジア人の手によって開通するという訳。ま、見てる人にとってはどうでも良いことでしょうけど。（いつも反省するのだが、私の自己完結って、一種の病気ではないかと思う）

デートは、素敵。用事にかこつけて会うのではないのが素晴しい。その人に会うというのが目的。それ自体を楽しみ尽くすって、最高の贅沢《ぜいたく》だと思う。私は、一生、デートな日々を送りたい。携帯電話も持たないアナログな私だけど、情熱は電波よりも着実に届けてあげるのさ。不便は、恋の特効薬でしょ、やっぱ。（と、言いつつ携帯電話の便利さは認めるけれど）ごはんを食べて、井之頭公園でも散歩しちゃおうかな。そう、現場は、吉祥寺である。学生の頃も良くこの街でデートしたものだ。二十年たっても、私って同じことをしている。進歩ないよなーと思わないでもない。でも、進歩って、そんなに大切なこと？　どんなに世の中が進んでも、私は、相変わらず、サインペン一本で小説を書くだろうし、携帯電話を持たずに、とことこと電車を乗り継いで男の子に会いに行くだろう。雨やどりのさなかにキスしたりした高校生の頃と同じことをくり返すだろう。問題は、キスのお相手にいつでも恵まれる年齢ではなくなって行くことだ。うえーん、悲しいざんす。でも、そうなったら、夫の出番よね。兄弟みたいな私たちだけど、兄弟で恋愛するって、背徳的でいいかも。けけっ、またもや自己完結。いいの、いいの、宿酔ですもの。たわ言は、私のライフワーク。男もデートもライフワーク。え？　小説？　うーん、作家という肩書きは、一番お気に入りのアクセサリーよ。ゴルチエやヒステリック・グラマーなんかに合わせると、最高にクールなミスマッチでしょ。なんて、またどっかの男性ライター怒らせてるわね。ポンちゃんにとって、ライフは、Precious sweet junk. 電気工事は目からうろこだよねー。

作家用語集（其の一）

けんぽん【献本】

本の製作に携わった関係者に本をさしあげること。

『嵐ケ熱血ポンちゃん！』
定価：本体467円（税別）
講談社文庫

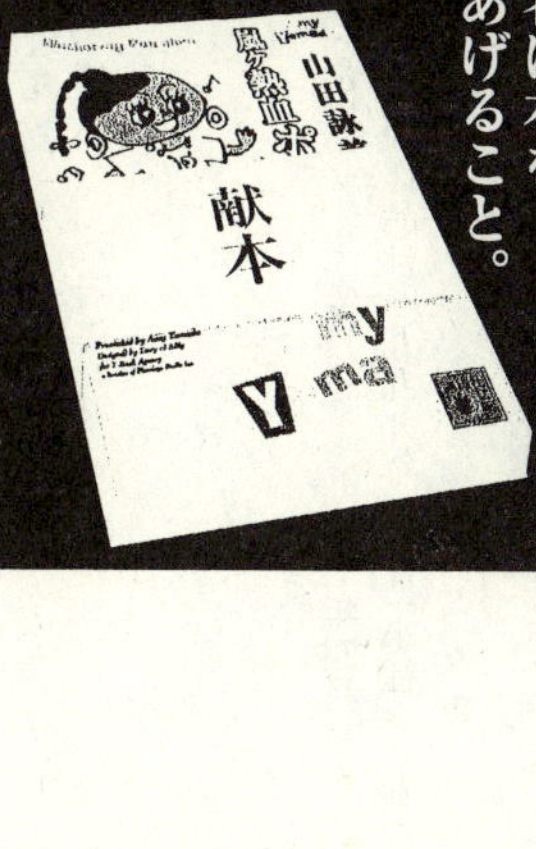

初出誌　「小説現代」一九九七年四月号〜一九九八年十一月号
●この作品は一九九九年一月に小社より刊行されたものです。

|著者|山田詠美　1959年東京都生まれ。'85年「ベッドタイムアイズ」で文藝賞を受賞しデビュー。'87年『ソウル・ミュージック・ラバーズ・オンリー』で直木賞、'91年『トラッシュ』で女流文学賞、'96年『アニマル・ロジック』で泉鏡花賞を受賞する。『4U』、『A2Z』や最新作『姫君』など若者の心をとらえる小説を発表する一方、「小説現代」で連載中のこのポンちゃんシリーズのエッセイも人気を博している。

熱血《ねつけつ》ポンちゃんは二度《にど》ベルを鳴《な》らす

山田詠美《やまだえいみ》

講談社文庫

定価はカバーに
表示してあります

2002年1月15日第1刷発行

発行者——野間佐和子
発行所——株式会社 講談社
東京都文京区音羽2-12-21　〒112-8001
電話 出版部 (03) 5395-3510
　　 販売部 (03) 5395-5817
　　 業務部 (03) 5395-3615

デザイン—菊地信義
製版——大日本印刷株式会社
印刷——豊国印刷株式会社
製本——株式会社国宝社

Printed in Japan

落丁本・乱丁本は小社書籍業務部あてにお送りください。送料は小社負担にてお取替えします。なお、この本の内容についてのお問い合わせは文庫出版部あてにお願いいたします。　(庫)

ISBN4-06-273349-8

講談社文庫刊行の辞

二十一世紀の到来を目睫に望みながら、われわれはいま、人類史上かつて例を見ない巨大な転換期をむかえようとしている。

世界も、日本も、激動の予兆に対する期待とおののきを内に蔵して、未知の時代に歩み入ろうとしている。このときにあたり、創業の人野間清治の「ナショナル・エデュケイター」への志を現代に甦らせようと意図して、われわれはここに古今の文芸作品はいうまでもなく、ひろく人文・社会・自然の諸科学から東西の名著を網羅する、新しい綜合文庫の発刊を決意した。

激動の転換期はまた断絶の時代である。われわれは戦後二十五年間の出版文化のありかたへの深い反省をこめて、この断絶の時代にあえて人間的な持続を求めようとする。いたずらに浮薄な商業主義のあだ花を追い求めることなく、長期にわたって良書に生命をあたえようとつとめるところにしか、今後の出版文化の真の繁栄はあり得ないと信じるからである。

同時にわれわれはこの綜合文庫の刊行を通じて、人文・社会・自然の諸科学が、結局人間の学にほかならないことを立証しようと願っている。かつて知識とは、「汝自身を知る」ことにつきていた。現代社会の瑣末な情報の氾濫のなかから、力強い知識の源泉を掘り起し、技術文明のただなかに、生きた人間の姿を復活させること。それこそわれわれの切なる希求である。

われわれは権威に盲従せず、俗流に媚びることなく、渾然一体となって日本の「草の根」をかたちづくる若く新しい世代の人々に、心をこめてこの新しい綜合文庫をおくり届けたい。それは知識の泉であるとともに感受性のふるさとであり、もっとも有機的に組織され、社会に開かれた万人のための大学をめざしている。大方の支援と協力を衷心より切望してやまない。

一九七一年七月

野間省一

ラミューズ編集部編　クリムト・世紀末の美〈文庫ギャラリー〉
ラミューズ編集部編　モネ・揺れる光〈文庫ギャラリー〉
隆　慶一郎　柳生非情剣
隆　慶一郎　柳生刺客状
隆　慶一郎　捨て童子・松平忠輝　全三冊
隆　慶一郎　花と火の帝 (上)(下)
隆　慶一郎　時代小説の愉しみ
隆　慶一郎　見知らぬ海へ
連城三紀彦　戻り川心中
連城三紀彦　変調二人羽織
連城三紀彦　花塵
マミ・レヴィ　マミ・レヴィのアロマテラピー
渡辺淳一　病める岸
渡辺淳一　秋の終りの旅
渡辺淳一　解剖学的女性論
渡辺淳一　氷紋
渡辺淳一　神々の夕映え
渡辺淳一　長崎ロシア遊女館
渡辺淳一　雲の階段 (上)(下)

渡辺淳一　長く暑い夏の一日
渡辺淳一　風の岬 (上)(下)
渡辺淳一　わたしの京都
渡辺淳一　うたかた (上)(下)
渡辺淳一　化身 (上)(下)
渡辺淳一　麻酔
渡辺淳一　失楽園 (上)(下)
渡辺淳一　いま脳死をどう考えるか
渡辺淳一　風のように・みんな大変
渡辺淳一　風のように・母のたより
渡辺淳一　風のように・忘れてばかり
渡辺淳一　風のように・返事のない電話
渡辺淳一　風のように・嘘さまざま
渡辺淳一　ものの見かた感じかた〈渡辺淳一エッセンス〉
渡辺淳一　風のように・不況にきく薬
渡辺淳一　風のように・別れた理由
和久峻三　午前三時の訪問者〈赤かぶ検事奮戦記〉
和久峻三　京人形の館殺人事件〈赤かぶ検事奮戦記〉
和久峻三　蛇姫荘殺人事件〈赤かぶ検事奮戦記〉

和久峻三　あやつり法廷〈赤かぶ検事奮戦記〉
和久峻三　祇園小唄殺人事件〈赤かぶ検事奮戦記〉
和久峻三　倉敷殺人案内〈赤かぶ検事奮戦記〉
和久峻三　濡れ髪明神殺人事件〈赤かぶ検事奮戦記〉
和久峻三　赤かぶ検事転勤す〈赤かぶ検事奮戦記〉
和久峻三　楊貴妃の亡霊〈赤かぶ検事奮戦記〉
和久峻三　片目の蠅〈赤かぶ検事奮戦記〉
和久峻三　信州あんずの里殺人事件〈赤かぶ検事シリーズ〉
和久峻三　朝霧高原殺人事件〈赤かぶ検事シリーズ〉
和久峻三　木曽路妻籠宿殺人事件〈赤かぶ検事シリーズ〉
和久峻三　京都鞍馬火祭りの里殺人事件〈赤かぶ検事シリーズ〉
和久峻三　京都疏水迷路殺人事件〈赤かぶ検事シリーズ〉
和久峻三　犯人の画かなかった絵〈告発弁護士シリーズ〉
和久峻三　殺人者が目覚める朝〈告発弁護士シリーズ〉
和久峻三　時の剣〈告発弁護士シリーズ〉
和久峻三　迷走法廷〈告発弁護士シリーズ〉
和久峻三　沈黙の裁き〈告発弁護士シリーズ〉
和久峻三　偶然防衛〈告発弁護士シリーズ〉
和久峻三　罪を逃れて笑う奴〈告発弁護士シリーズ〉

講談社文庫　目録

和久峻三　禁断の館殺人事件〈告発弁護士シリーズ〉

和久峻三　古城武司 画　〈人には聞けない〉マンガ・男の女の法律相談

渡瀬夏彦　銀の夢〈オグリキャップに賭けた人々〉

渡邉政子　美味しくパンを食べよう！

鷲田小彌太　哲学を知ると何が変わるか

若竹七海　閉ざされた夏

若竹七海　海神《ネプチューン》の晩餐

若竹七海　船上にて

和田はつ子　享年0・1歳〈心理分析官 加山知子の事件簿〉

渡辺容子　左手に告げるなかれ

渡辺容子　無制限

渡辺容子　斃《たお》れし者に水を

渡辺容子　薔薇恋

渡辺篤史　渡辺篤史のこんな家を建てたい

2001年12月15日現在